第九節

《若壽》By 眷戀羽毛筆的仙女

（動作：顧查南臉色蒼白，看著依偎在江正恭懷裡的湯若壽。）

顧查南：乖，壽壽，你過來，你從前不是這樣的，我知道你還愛我，別鬧彆扭了，有什麼話，等一起回我們的家，我再好好聽你說。

（動作：湯若壽唇瓣顫抖，與江正恭對望，欲言又止，搖頭。）

（背景口白：這終究該是要攤牌說清楚的問題……）

（背景口白：我已逃了一輩子、自欺欺人了一輩子……不能再逃下去。）

（背景口白：為了我自己……也為了小恭。）

湯若壽：查南。

（動作：湯若壽向前一步，手與江正恭的手緊握。）

湯若壽：我們之間已經不可能了，早在你為了討好你母親，把燕芴茖娶回家、把我趕出門時，我就應該清醒了。只是我太軟弱，總看不清自己的心，才會自欺欺人這麼久。但再美

又不能
下
當飯吃
作者 吐維
插畫 Welkin

目錄

的夢，終究是會醒的。

湯若壽：更何況，這個夢從頭到尾，都是場惡夢。

顧查南：不，壽壽，你在說謊！你一直深愛著我，不是嗎？

（動作：顧查南衝向前，抱住湯若壽，扣住湯若壽下巴。）

顧查南：只有我知道全部的你，你一直迷戀我，其實我都知道，你會偷偷收集我用過的書、穿過的衣服，你總是在我睡醒之後偷偷躺到我的床位上，嗅聞我枕頭上的味道。

顧查南：是你說你會愛我一輩子，你說你不是看上我顧總裁的錢，而是我的人，是你說所有的人都背棄我時，只有你還會留在我身邊。

顧查南：難道這些話都不算數了嗎，湯若壽？

湯若壽：……對，我是說過。

（動作：湯若壽眼眶紅，推開顧查南，顧查南臉色蒼白。）

（背景口白：壽壽……第一次主動推開我。）

（背景口白：這怎麼可能呢？）

湯若壽：查南，我曾經深愛過你。

湯若壽：你在我把整顆心交給你時不屑一顧、踐踏蹂躪，如果不是小恭，只怕我現在已經死在哪個陰暗的小酒館裡。

湯若壽：是你讓我明白，原來愛情這種事不是只要付出就能得到結果，還得要對方珍惜才有用。

（動作：湯若壽回頭深情凝視江正恭）

湯若壽：而我已經找到願意珍惜我的人。顧查南，從今以後，我再也不是在你身後追著你、默默仰望你的小男孩了。

（動作：湯若壽走回江正恭身邊。）

（動作：湯若壽和江正恭相視而笑。）

（動作：顧查南臉如死灰，江正恭摟住湯若壽身軀。）

江正恭：顧查南，你現在懂了吧？若壽已經不需要你了。

江正恭：若壽的幸福，由我來守護就夠了。

（動作：顧查南臉色大變。）

（動作：特寫顧查南眼神變化，從驚慌轉變成嗜血占有慾。）

顧查南（動作：握拳頭）：好，湯若壽，你狠，你夠狠。

顧查南：（動作：指兩人）我會讓你們徹底後悔今天做出的決定，壽壽，你生是我的人；死，也只能葬在我顧家的祖墳……

「店長？」

小仙女的聲音打醒沉浸在漫畫中的大輔，讓他差點沒從單腳椅上跌下來。

小仙女穿著鹿鳴的圍裙，面無表情地看著大輔手上那本封面標語寫著「眷戀羽毛筆的仙女最新力作，追妻火葬場不敗經典！」的《若壽》，挑起一邊眉頭。

「……我不知道店長什麼時候對ＢＬ漫畫感興趣了。」田心蓓說。

大輔有點尷尬，他忙收起手裡的同人誌，撫了撫後腦。

「哈哈哈，因為不知道小雅到底是吃了……看了什麼書，有點好奇，才想說拿重覆的書來看看，沒想到一看就入迷了。」

「《若壽》是我很早期的作品，可以算在黑歷史裡頭了，當時追妻火葬場題材很流行，燕如說要我勉為其難畫一本增加銷量，我才畫的。」

田心蓓企圖把書抽回來，大輔忙壓住。

「但我覺得故事內容很好啊！特別是人物。怎麼說，那個總裁雖然名字有點奇怪，表面看起來也有點霸道，但其實他會這麼欠缺ＥＱ，是因為從小被父母親高壓統治的緣故吧？」

大輔殷切地說著。

「他無法從父母那裡得到認同，才會轉而從女人、從主角身上尋求溫暖，主角與其說是他戀人，不如說比較像救贖？」

田心蓓愣了下，大輔見她耳根微不可見地一紅。

「嗯，嘛，謝謝店長喜歡。」她別過頭說。

說起來大輔會忽然想看小仙女的著作，都是因為上週末鹿鳴前的那場驚魂。

小雅吻了他，就在他的白．跟蹤狂．已婚渣男．前男友．華面前。

大輔當下完全不知如何反應，書精的唇瓣意料之外柔軟，小雅還伸了舌頭，也不知哪學來的技巧。他在大輔緊閉的唇瓣間徘徊片刻，剛逮到一絲空隙，便毫不留情地登堂入室。

大輔感覺小雅的舌尖勾住自己的舌，溼潤的觸感讓大輔全身起雞皮疙瘩，卻又禁不住渾身發熱。

小雅攬著他後背，像要把人揉進身體裡一樣，隨著大輔身體越發綿軟，往店長的口腔深處進攻。

大輔的津液被掠奪殆盡，氧氣也是。

即使和白華同居那段時間，他們也不常親吻，主要是大輔不會主動，而白華比較常從背後摟他，或是選其他能錯開視線的體位。

像這樣深入而纏綿的吻，大輔是頭一回經歷。

況且他對小雅的印象還停留在那個羞澀的少年身上，反差造成的衝擊讓大輔站都站不穩，只能持續依靠著小雅的胸肌。

他聽見身後傳來抽氣聲。大輔茫然中回首一望，發現白華臉色死白，大輔還是第一次看白華露出這種表情。

「他已經不需要你了。」小雅還說著不知哪裡學來的對白（大輔現在知道是從哪來的了）。「大輔哥的幸福，由我來守護就夠了。」

「……店長，你還好嗎？」小仙女看著第三次把頭撞向桌面的大輔，不確定地問道。

大輔抹了抹臉說：「對了，妳有什麼事要跟我說嗎？」

小仙女站直身軀道：「嗯，有兩件，店長想先聽哪一件？」

「一好一壞嗎？那先聽壞的好了。」

「兩件都是壞事。」

「……那有必要問嗎？」大輔無言。

「首先第一件，我發現我們放在地下室那批書，很多已經發霉了，不然也有風漬問題，除了不衛生，還會波及其他的庫存新書。」小仙女推了推眼鏡。

「退書呢？現在不是改成六個月沒有售出，就會退回去給書商？」

「這也是一個問題。」

田心蓓嘆氣道：「本來應該讓書商自己回收逾期未售庫存，現在大多數書店也是採取這種做法。但是前店長在跟書商談時，沒有談好這一塊，答應對方由我們自己退書、負擔運費。」

「我知道，之前都是請合作物流不是嗎？」大輔問。

高知彰這些日子住在他那，大輔也斷斷續續問了他一些鹿鳴的問題。

小高在出版業界交遊廣闊，本身又是個書蟲，和不少出版業者關係良好，也因此當初幾乎都是幾通電話、吃個飯就講定，也沒有留下紙本契約。

大輔初接手時，才發現處處都是漏洞，有些書大輔甚至沒有聯絡上游代理商的管道，只能從小高凌亂的陳年文件中尋找，不然就是上網 Google。

一般書店有兩種進書形式，一種叫買斷，就是直接把書買下來歸書店所有，這樣即使之後賣不出去，書店也必須自行處理庫存，沒有退書這回事。

另一種就是直往，意指直接往來，由出版商定期將新書上架，再定期回收退書和瑕疵書。

買斷和直往的差異在於買斷價格較低，對書店而言利潤較豐厚，但缺點就是庫存問題，這無論對出版商或是書店來講，都是無止盡的惡夢。

一般大型連鎖書店會採取直往。連鎖書店有談判本錢，即使是直往，也能拿到低廉的進貨價，但獨立書店就沒這種談資。

讓大輔瞠目的是，當初接手「鹿鳴」時他發現店裡多數庫存書都是買斷，而且都是一些大輔一眼看上去就很難賣的書。

再會後大輔問過前老闆這個問題，小高還振振有詞。

「那些都是好書！絕世好書好嗎？像是初版的紫皮版《源世物語》，簡轉繁版本的《倪匡全集》還有精裝版的《四季》，以後都會增值的，當然要把他們趕快買下來啊！」

大輔接手後，除了致力處理庫存以外，也盡可能和多數出版社達成直往的協議。即使如此，庫存也還是大到讓他垂死病中驚坐起的地步。

「最近合作物流大幅調漲，我請舒慧她們幫忙算過，年底預定要退書的這筆運費計進去，鹿鳴會變成赤字。」小仙女說。

大輔長嘆一聲：「只好比照剛接手那時候的做法了。比較近的供應商我自己親送，遠的再請物流幫忙。好在現在有小……有我堂弟來幫忙，他一個人可以頂十個人用。」

提到小雅，大輔的心臟不由得又微微一抽。

數日前在鹿鳴那個吻還鮮明地停留在他的唇瓣上，揮之不去。

大輔心裡明白，小雅會說那些話、會跟他告白，全都出於他從書上攝取來的知識。他向羽毛筆工作室借了小雅吃過的書，粗略翻看過，看到諸多比那天小雅對他做的更母湯的情節，Over 到大輔差點沒把書吃了。

小雅不是真對他有那種想法，單純是書精特性使然——大輔如此安慰自己。

關於小雅，大輔對外解釋是他家鄉的堂弟，因為考上大學暫時借住在他家中，順便來鹿鳴打工。

雖說現在是十二月天，根本不是入學季，好在田心蓓似乎沒有起疑。

而小雅的加入，確實解決了鹿鳴欠缺壯丁的燃眉之急。

實體書這種商品跟磚頭一樣，小仙女固然是無能為力，大輔雖說也是正經男兒身，但年過三十五，凡事力不從心，有時候彎個腰都會閃到。

但小雅非但力氣驚人，行動力和理解力都符合優秀青年水準，田心蓓只稍微指導他半天，小雅就能按照書目協助上架。

且大輔發現，小雅對書有異常敏銳的直覺。從前書籍分類都仰賴田心蓓的能耐，但她再怎麼博覽群書，也總有不擅長的區塊。

但小雅只消用指尖觸碰書頁，湊近嗅聞，就能大略知道這本書屬於哪一類。

「就好像人類吃飯一樣吧？」高知彰分析道：「對人類來講，一眼就可以看出眼前便當是雞腿飯還是控肉飯，就算沒打開，聞香味也該知道是滷的還烤的，不是嗎？」

小仙女對小雅的能力也相當驚異，據大輔觀察，小仙女多半覺得生平第一次遇上了對手，甚至對書精起了競爭意識。

「第二件壞事是……上週你去載書時，房東來過了。」小仙女又說。

大輔喉頭一哽：「呃，該不會是……」

小仙女嘆氣：「嗯，就是店長想的那樣。」

大輔小心翼翼地問：「要漲多少？」

小仙女說：「他說這次要調百分之十五。」

「鹿鳴」本體是地上一層、地下一層的建築，是高知彰當年跟熟識的朋友租的，前身是間美甲護膚店，小高跟對方似乎是從國中就認識的好友，因此初期租金相當便宜，等於半買半相送。

但這塊地近捷運，又位處大學商圈，隨著這幾年周邊發展，租金行情也水漲船高。房東礙於人情壓力，且像鹿鳴這樣文青感十足的獨立書店有助於環境形象的提升，對炒房產也有幫助，因此八年來忍著沒趕人。

大輔知道房東一直想漲房租，但礙於沒有明文約定，也都只是來晃晃、寒暄一下，順便談一談這附近房地產有多貴，給大輔壓力。

前年房東終於成功漲了百分之一，讓鹿鳴的狀況雪上加霜。調漲百分之十五，一個月就得多出兩萬多元淨支出，等於天亡鹿鳴。

「我聽房東的意思，他已經找好新租客了，要是我們付不出調漲後的房租，就要請我們走人。」小仙女說。

這時辦公室的門開了，小雅穿著大輔的白襯衫，胸前釦子開到第四顆，脖子上掛著條白色毛巾，淌著薄汗探進頭來。

「大輔哥，書都上架完了，庫存也都整理好了。」小雅說。

大輔點頭說：「辛苦了，你先去休息吧，下午再麻煩你到物流那邊取一批書。」

小雅點頭，他出了書庫，忽又回頭道：「大輔哥，你跨年有空嗎？」

大輔氣息一滯，小仙女的表情也變得微妙。

「問這做什麼？」

「唔，想邀大輔哥一起去看煙火。之前吃的《台北特色觀光指南》裡有寫到，台北人跨年最普遍的行程，就是結伴去看一〇一大樓的煙火。」

大輔抹了下臉說：「抱歉，我年紀大了，不習慣人擠人。」

小雅露出微顯失望的神情，但很快又振作起來。

「那……我可以請大輔哥吃個午餐嗎？」

「你哪來的錢請客……？」

「我上次幫召南大哥處理網咖的漫畫庫存，網咖老闆有付我錢，召南大哥跟老闆說我是回收業者。」

「……我中午要跟房東通電話，可能沒空。」

「那我包便當回來，跟大輔哥一起吃。」小雅點頭。

小雅離開辦公室後，小仙女抱臂看著大輔說：「店長就這麼不想給人機會嗎？」

大輔差點被口水嗆到：「什、什麼？」

「沒什麼，只是為店長覺得可惜而已。」

小仙女語焉不詳，她瞥了一眼滿臉抑鬱的大輔，又說：「其實最近也並非完全沒有好事，只是不是鹿鳴的事就是了。」

「什麼事？」大輔好奇地問。

小仙女的臉色終於有了一絲光華。

「有遊戲公司找我們工作室合作，希望我們替他們的手遊製作改編漫畫。因為是熱度很高的手遊，如果能夠談成，對羽毛筆的知名度和經濟狀況來講，都是很大的幫助。」

大輔先是一愣，心中不祥的陰雲隨即擴大。

「可以問一下……是哪個遊戲公司嗎？」他問。

「白樺工作室。」

小仙女雙頰緋紅。

「就是店長之前在玩的那個『戀與總編輯』的製作團隊，他們現在已經發展成公司了，那天是公司的創意總監親自來工作室找我們談的。」

大輔面如死灰，但小仙女像是沒注意到似的繼續說著。

「你該看看燕如和舒慧她們興奮成什麼樣子，而且那個總監長得很帥，又高、身材又好，重點是那個氣場，簡直像從乙女後宮向遊戲裡走出來的主要攻略男角一樣，還是後期會黑化的那種。」

雖然有許多術語，但大輔大致聽得出小仙女的意思。

「總監還說，如果合作愉快的話，之後還打算和我合作開發遊戲原案。我跟他說我在書店打工，他很感興趣，問了我關於店長接手鹿鳴的過程，他對店長和前店長都很感興趣，我還現場畫了店長的素描。他說他最近想開發一款以花店老闆為主題，收集各種不同花卉的戀愛遊戲，主角會和不同的花精談戀愛，其中也有男性攻略角色。他說你的故事很值得他參考，要我下次討論時帶你過去，他想聽你和『鹿鳴』的故事。」

或許是大輔的臉色越來越難看，小仙女停下話頭，謹慎地問道：「如果店長很忙的話，他說視訊也可以，只是簡單的訪談而已。」

即使心裡已經有數，大輔還是開口問了：「妳說的創意總監……叫什麼名字？」

小仙女露出久違的笑。

「就叫白華，是一手創立白樺工作室的天才劇作家。」

女孩露出難以置信的表情。覺得花店男孩要不是瘋了，就是故意講些光怪陸離的話，好吸引她的注意。

「花怎麼可能當飯吃？」女孩問。

「是真的，我沒有騙妳。」男孩說。

「那你吃給我看。」女孩說。

男孩猶豫片刻，接過女孩手裡那束香氣四溢的鬱金香，在女孩訝異的目光下，將嬌嫩欲滴的鬱金香放進唇瓣間。

說也奇怪，豔紅的花瓣碰觸到男孩貝齒的瞬間，竟像是融化一樣，化作點點星芒，消失無蹤。

花瓣、花蕊、花萼、莖葉，男孩食用花朵的速度相當快速，轉眼之間，那束美麗的鬱金香已在男孩面前消失無蹤。

女孩目瞪口呆，幾乎不敢相信眼前所見所聞。

「你……真的不是人類？」女孩張大了口說：「那你是什麼？」

「我也希望知道自己是什麼。」男孩有點洩氣。

「但你沒有爸爸媽媽嗎？不然你怎麼長到這麼大？」女孩問。

「我也不懂。我清醒的時候，人在一片荒蕪的花園裡。四處都是枯萎、被丟棄的花朵，我不知道我從哪裡來，又為什麼會出現在那裡。」

男孩嘆著氣。

「我肚子很餓，起先我是被花店的香氣吸引，才循著味道來到都市。都市裡很多花店，但買花需要錢，我身無分文，不得已只得到處偷花維生，被送進警察局很多次。」

女孩露出半信半疑的眼神，男孩又說：「但因為我那時候外表年齡還是孩子，警察也沒有多為難我就是了。」

「外表年齡還是孩子？什麼意思？」女孩問。

「我剛出生時，只有大概小學一年級的大小。但隨著吃的花數量越多，我的身體好像也會跟著成長，現在差不多過了三個月吧？」

女孩驚異地看著眼前的男孩，比起最初送他花時，男孩確實成熟許多，不僅高出她一個頭，聲音也變得低沉，也難怪她剛才認不出來。

「有天我餓著餓著，就暈倒在這間花店前。這間花店的老闆很好心，也很特別，他知道我的真實身分後，非但沒有被我嚇到，還提供很多新鮮的花給我食用，我很感激他，就在這裡留了下來。」

「那你為什麼送花給我？」女孩問他。

男孩搔了搔頭說：「因為覺得那些花應該很好吃，想跟妳分享。怎麼說……我看有的人類……會給喜歡的對象送宵夜不是嗎？老闆也說人類女孩雖然不吃花，但大多數都喜歡花。」

「我不喜歡花。」女孩說。

「嗯，這樣啊，真抱歉。哈哈，說得也是，妳又不是花精。何況人類就算再喜歡花，也不會想跟花精當朋友吧……」

男孩略顯沮喪地說著，向女孩一鞠躬。

「真是抱歉，我以後不會再隨便送妳花了。」

女孩似乎在猶豫什麼，許久沒吭聲，過一會兒才開口問：

「為什麼把花店關了？」她指著牆上那張「停業待售」的公告。

男孩一怔道：「啊，因為花店老闆很久都沒回來，他好像一直在世界各地旅行，想要蒐集全世界所有的花種。最近都市裡的人都不太買花了，花店生意很差，老闆就決定把花店收起來。」

女孩的神情顯得彆扭地說：「那你怎麼辦？你不就沒花可吃了？」

男孩的神情變得寂寞：「嗯，在都市裡是沒有。所以我打算離開這裡，去還找得到野花的地方。」

女孩問：「那你會回來嗎？什麼時候？」

男孩說：「不知道，如果一直找不到花，可能就回不來了。」

「為什麼？你不吃花的話，會怎麼樣嗎？」女孩心中忽然掀起一絲恐懼。

男孩凝望著女孩，神色溫柔，像要把她的形象永久印在腦中。

「就和你們人類不吃飯一樣。」他輕聲說。

未完待續（TBC.）

讀者　白華　在你的文章下留言（2010.12.10）：

很好看啊！怎麼沒了？我想知道女孩會怎麼回答，會利用她做回收的人脈替男孩找花嗎？男孩會餓死嗎？（順便打個預防針問一下，這篇是ＨＥ嗎？）

女孩現在一定很後悔吧，之前丟了男孩這麼多花，以男孩的性格，一定都是把最好（吃）的花送給女孩，女孩卻把男孩維繫生命的東西丟棄了。

說起來，現在市中心真的越來越少花店了，跟書店一樣，都要成為舊時代的產物了。

大大寫的文章真的好好看（星星眼），但從最後一次更新已經一年了，是不會再更新了嗎？

小讀者會一直期待你的更新的！

第十節

大輔作夢都想不到，自己竟會有主動去見那個人的一天。

在分手之後，大輔就毅然決然地刪除了白華所有聯絡方式，包括兩人同居這五年間所有與白華相關的物事，也都丟了。

白華送給他的書、遊戲光碟、設定集，還有小至像毛巾、襪子、牙刷等等生活用品，大輔一個都不留地清空了。

那之後白華雖然時不時地用簡訊騷擾他，但都不是用原來的號碼，且號碼還初一十五不一樣，讓大輔連要封鎖他都沒辦法。

但這回白華的邀請倒是來得堂堂正正。那是封請柬，直接寄到鹿鳴書店來，信封上的風信子圖案讓大輔還以為是哪來的少女書系書商。

高大輔老師　大啟：

敬邀您於民國〇〇年十二月二十五日下午三時，至我的白樺工作室參觀，並商討與田心蓓老師、童燕如老師及楊舒慧老師的合作事宜。

現場備有車位，您可開車前往，會由我的助理樂澄接待，商討時間可能較長，敬請預留時間。

天氣越來越冷了，記得多穿件大衣，並攜帶雨具，保重身體。

白樺文化創意有限公司　創意總監　白華

這信讓高大輔看得五味雜陳，首先白華竟然連羽毛筆工作室的人員都摸透了，看起來這跟蹤狂是勢在必得。

他本能地就想扔了那張邀請函，但內心深處又覺得不甘心。

這個人擅自欺騙了他七年，虛度了他七年的人生，又擅自結束關係，現在甚至擅自跟蹤他、騷擾他。

連他好不容易交到的，算得上是朋友的後輩，他也不放過。

大輔不擅長抱怨，更不擅長大張旗鼓地宣揚什麼事，從前在學校每逢舉手表決，總是看哪邊舉手的人多，選不顯眼的那方表態。

這是他第一次生了想站到某個人面前，指著他的鼻子大聲罵他一頓的念頭。

他把這件事告訴小雅和高知彰，小雅馬上說：「我陪大輔哥一起去。」

小高的反應倒完全是另一個方向。

「原來白樺的主筆劇本家跟你認識？那真是不得了，台製ＡＶＧ遊戲通常都不賣，Galgame尤其慘澹，但他們家工作室推出的遊戲，每次光線上下載量就能破百萬，只能說有那種劇本家，跟撿到黃金沒兩樣。」

大輔有些尷尬地問：「……白華真的很有名？」

「很有名啊！至少在業界，他們家遊戲很多都有出周邊漫畫、廣播劇什麼的，據說也都是那位劇作家親自企劃，是非常有才華的人。」

高知彰說：「之前我還在稜河工作時，我們還想請他來當簽約作家呢！但被他拒絕了，說是不想被組織束縛之類。就這點而言，我倒是挺欣賞他的，哈哈哈。」

大輔懷著這樣複雜的心情，帶著小雅，在鹿鳴公休的週一晌午，拜訪了白華的工作室。

和白華交往期間，大輔只去過一次白華工作的地方。以前工作室也不是在市中心，是在分租辦公大樓盡頭的小房間。

兩人同居這五年，白華的事業蒸蒸日上，工作室也遷移到市中心，還是辦公大樓的高樓層。

工作室開張那天，白華辦了盛大的慶祝會，邀請許多廠商和合作夥伴，那也是大輔第一次在白華的工作場合公開露面。

白華對外宣稱大輔是普通朋友，大輔當時也能夠理解。他至今沒帶白華見過他母親，連名字也不敢提。

大輔仰頭看著樓層配置圖上位於十三樓的「白樺文化創意有限公司」鐫刻字跡，內心的不安水漲船高。

明明是自己決定要來興師問罪的，大輔現在卻有種羊入虎口的危機感，如果不是小雅就在他身後，大輔甚至想反悔逃跑。

但甫出電梯口，大輔便看到有個身材略胖、臉圓滾滾的頗有喜感，很有高知彰年輕時影子的青年等在門口。

「是高大輔高老師吧？」青年用恭敬的語氣說著。「久候大駕，我是白老師的助理白樂澄，叫我小澄就行了。」

「白？」大輔問。

「嗯，我剛好跟白華老師同姓，不過我們沒有任何血緣關係喔！雖然白老師因此叫我『澄哥』就是了。」

白樂澄笑著說，笑起來的模樣讓大輔想起之前在某部動畫電影裡看到的機器人角色「杯麵」。

「真不好意思，因為公司最近比較忙，本來應該由白老師親自去拜訪您的，但他實在抽不開身，只好勞煩老師來一趟。」

大輔被樂澄左一句「老師」右一句「老師」弄得有些愣怔。以前跟著白華出入大小聚會，大輔知道那是業界對創作者習慣的稱呼。

但大輔實在摸不著頭緒。田心蓓她們也就罷了，他都幾百年沒寫作了，再怎麼都不該被當成創作者來看待。

樂澄這時才看見大輔身後的小雅，開口道：「這位是……」

大輔忙說：「他是我的助理，可以跟我一起進去吧？」

小雅朝樂澄鞠了個躬，但青年看來面色遲疑。

「白老師是交待我讓高老師一個人進去，說有重要的事情要跟高老師單獨談。」

他很快打圓場：「不過若是工作上的助理，應該不要緊吧？我平常也會跟著白老師到處跑。」

大輔尾隨在樂澄身後，走近工作室的管制門。這間工作室和田心蓓的羽毛筆工作室，有著截然不同的兩種風格。

如果說羽毛筆工作室像戰場，白樺工作室就像是異世界一樣。

大輔走過一條閃著白、藍、灰冷光的長廊，長廊還會隨著大輔的腳步換色，間或有雷霆一般的白光從大輔腳邊流竄到牆上，現代感十足。

ＯＡ辦公室也相當別致，座位間以玻璃牆區隔，每個辦公區域都做成像太空艙的樣子，座椅和桌子都內嵌在膠囊式的艙室內。這樣即使同事近在咫尺，坐在裡頭也有與世隔絕的安全感，大輔覺得高知彰一定會喜歡。

「白樺現在連我和白老師在內，有十五名正式員工、兩名工讀生，在業界算是大公司了。」樂澄在一旁笑著說。「想當初，老師剛出來自己做遊戲時，真的是很慘呢！」

大輔從前很少過問白華的事業，此時忍不住好奇：「怎麼說？」

「一個遊戲要製成，牽涉到太多面向。小說和漫畫還可以關起門來個人作業，但遊戲即使是最簡單的對話型ＡＶＧ……俗稱文字冒險小說，需求的資金和人力還是很驚人。」

樂澄親切地說明著。

「程式設計、插圖ＣＧ、音樂和配音，還不計測試和硬體的人力成本。就算完全不外包，都攬起來自己做，一部遊戲做下來也得耗資近百萬。」

大輔嚇了一跳：「這些錢……從哪裡來？」

「早期我們有嘗試過募資，但沒有實績的工作室募資成果有限。白老師只好到處去借錢，還揹了一屁股債，差點連老家都被拍賣。」

大輔聽得怔然，確實有段時期，白華顯得特別消沉，多數時間不在家裡，大輔有時跟他搭話，白華都心不在焉。

某些方面來講，這也是大輔會毅然同意分手的原因。他認為白華的心不在他身上，多挽留無益。

「但『戀與總編輯』改變了一切。」樂澄感慨地說：「這套遊戲大賣，被金主看上，買了版權，最後還上了線，雖然白樺工作室的分潤只有少少百分之七，但已經比我們過去十年加總起來的利潤都還要多了。」

「比例這麼低嗎？」大輔嚇了一跳。

「是啊，但遊戲上線這件事不容易，法遵也好、金流也好，都需要一一打通關，雖然資本家討人厭，但沒他們還真的不行。」

樂澄笑著說：「不過白老師也說，這回他不把ＩＰ賣出去了，他要做自己的遊戲。」

大輔又沉默了一陣後說：「你……跟著白華……很久了嗎？」

樂澄的笑容染上些許苦意。

「嗯，其實我們整個初始團隊都跟著白老師很久了，我應該是最久的一個。我們相信白華的才華，把做遊戲的夢想賭在他的執著上，好在最後賭對了，但中間真的很苦就是了。」

他忽然轉向大輔。

「其實我見過高老師兩三次，在白老師帶著你來聚會時，只是老師可能不記得了。」

大輔有些赧然，他生性害羞，也不擅長處在人多的場合。

而且白華和夥伴聚餐時，聊的話題都像另一個世界的爬說語，大輔根本麻瓜聽雷。沒有交集，自然也不會有記憶點。

「白樺能有今天的成就，說不定還要感謝高老師你呢！」樂澄語焉不詳地說。

樂澄領著他們走到ＯＡ辦公區的最深處，大輔抬起頭來，發現盡頭是面牆，牆上繪了幅巨大的壁畫。

走近一看，才發現那壁畫是由無數ＬＥＤ燈點綴而成，有點像近期演唱會常見的電子螢幕。

畫上是間店鋪，店門口擺滿了從熱帶到溫帶、從亞洲到西洋琳瑯滿目的花卉，把畫面點綴得五光十色、熱鬧非凡。

店門口站著一個面目模糊的女孩，手上抱著一大束花，看花形是鬱金香。她站在花店門口，像在對什麼人說話。

而店裡站著的是個男孩。

男孩穿著墨綠色的圍裙，手上也拿著一朵鬱金香。他凝視著女孩，臉色神情似憂鬱、似悲傷，又似愛憐。繪者對男孩的神情描摹極為細膩，就連像大輔這樣不懂繪畫的人，也能從中讀出男孩對女孩的眷戀。

更令大輔難以釋懷的是，這男孩的面容像極了自己。細長的眉也好，微褐色的眼眸也罷，就連那雙薄唇也和自己一模一樣。

而這幅畫竟然還是會動的，女孩將鬱金香遞給男孩，男孩接過，將花湊進唇邊，花葉便化作點點星光，和男孩一起消失在女孩面前。如此往復。

「啊，這幅ＬＥＤ動態燈畫很不錯吧？是白老師親自設計的。」

樂澄在他身後說，他苦笑。

「那時候工作室要搬到這裡，老師嫌這面牆太空，本來想單純畫幅畫的，但白老師說如果直接畫在牆上，以後想換又要多花錢，就跟認識的ＬＥＤ廠商合作製作了這面牆，結果比買畫還貴上十倍，還不算上電費。」

小雅旁觀大輔唇瓣顫抖，緩緩開口：「這畫……是在畫什麼？」

「花店不是嗎？應該只是靈光一閃吧。啊，不過白老師說過，靈感是來自很久以前看過的，他很喜歡的網路小說，但沒有說作者是誰就是了。」

白華的辦公室在ＯＡ區的最深處，身為負責人，白華的辦公室倒是挺正常的，可能是考量到來談生意的人不是每個都是文創人。

辦公室左側是小型會議室，但樂澄卻開了白華私人辦公室的門。

「抱歉，我沒跟白老師說您有帶助理來，可以請高老師先一個人進去嗎？」

樂澄壓低聲音說：「白老師脾氣有點怪，討厭和計畫不符的變動，這點還請高老師見諒。如果有什麼需要協助的，我再讓助理進去找你。」

大輔有些意外：「白華脾氣不好嗎？」

這點大輔倒是完全感覺不出來，交往這五年裡，白華事事讓著他，就連大輔打翻熱茶在他身上，白華也都能笑著說沒事。

對他發脾氣什麼的，大輔記憶中更是一次也沒有過。

「是啊，特別是在劇本創作期，還會在辦公室摔東西、大吼大叫，有時連我都會遭殃，在他知道自己……總之，不要太刺激他比較好。」

大輔深吸口氣，直到如今，他還是沒有獨自面對白華的勇氣。上次鹿鳴那場會面，可說把他的膽都嚇沒了。

小雅走上前，猶豫半晌，在樂澄的旁觀下握住大輔的手。

大輔一僵，想起鹿鳴前的那個吻。

但小雅並沒有多做什麼，只是湊近他耳邊壓低聲音。

「我會一直守在外面。發生什麼事的話，就大聲叫救命。」

小雅距離他是如此之近，熟悉的書頁香氣混雜著成年男性的氣味竄進大輔鼻腔裡，竟讓他莫名安心下來。

「……謝謝你，小雅。」

他挺起胸膛，猶如上戰場的士兵。

「等我，我很快就回來。」

大輔走進辦公室時，那個人正背對著他。

他坐在辦公桌旁的沙發區，低垂著頭，像在翻看什麼書籍。

白華身著全套西裝，但沒打領帶，襯衫是淺藍色的，如大輔記憶中一般。這人從不愛把襯衫扣好，總是開到從上數來第三顆。

「你來了，大輔。」白華沒有回頭，語氣平靜。

大輔站在那沒動。在來這裡之前，大輔本來滿心憤懣，打算一來就興師問罪。

他知道白華會找上羽毛筆工作室絕非偶然，白華知道他和小仙女的關係，以這男人跟蹤狂的程度，可能連羽毛筆工作室的困境都調查了，才會以合作專案為餌，試圖釣他出來。

而白華也很清楚，以大輔的個性，不可能只因自己的私人恩怨，讓小仙女失去這麼好的合作機會。

但方才看見那幅動態畫後，大輔滿腔憤怒忽然都轉成了五味雜陳，像一腳踩在了空處，空蕩蕩地抓不著邊。

大輔衝口問：「門口那個，是根據我那篇小說畫的嗎？」

白華仍然沒有回頭。

「嗯，粉絲的同人創作。喜歡嗎？小粉絲可是一直在期待大大更新呢。」

大輔難以掩飾些微的臉熱，他別過頭。

「你去找心蓓合作，是因為我嗎？」他單刀直入。

「嗯。」白華異常誠實。「但田老師的作品確實很不錯，我這幾天都在看她的舊作，她是屬於開過『門』的人，只是不知為何，這幾年她似乎親手把門關起來了。」

白華放下手上的書，總算回過頭來，大輔才發現他依然戴著太陽眼鏡，膝上一疊書落下，看上去像是大輔先前在羽毛筆工作室看過的同人誌。

「那個男的……你助理，叫我高老師，這是怎麼回事？」大輔問。

「澄哥嗎？他見過你好幾次，你不記得他嗎？有次我喝醉，你還和他一起把我扛上計程車。」

大輔紅著臉咳了聲：「抱歉，我不擅長記人臉。」

白華嘆息：「確實，不管我帶你和他們聚會幾次，你都和他們熟不起來。」

異樣的氛圍橫亙在兩人之間，大輔知道自己必須搶回主控權。

「……沒有用的，白華。」

大輔喉底發顫，但仍強逼自己穩穩發聲。

「不論你做什麼，我都不會上當。你只是想滿足你自己而已……你喜歡把人玩弄在鼓掌間，看我驚慌失措的樣子，從以前到現在都是這樣。但我已經不會再被你騙了，你再怎麼使手段接近我，我也不會再回到你身邊，你死心吧！白華。」

他咬著牙說。

「你誤會了。」白華緩步走近他，兩人只有半步的距離。「我說我找上田老師，是為了你，並不是指想跟你復合，也跟私人感情無關。」

這回倒換大輔一怔：「那是為什麼……？」

「我這次請你過來，是以創作者對創作者的身分。我想向你提出合作邀約，換言之，我想請你寫故事，高老師。」

「……你是在捉弄我嗎？」大輔一陣怒氣上湧。「我又不是作家，只是個書店老闆，還是半路出家的那種，怎麼可能幫你寫故事？」

「你怎麼不是？」白華說：「當年那個『大斧』，難道是找人代筆的嗎？」

「大斧」是當年大輔在發表網路小說時隨興取的筆名，說穿了就是本名的諧音，大輔已經幾乎要忘了這個名字。

「我停筆很久了。」大輔茫然脫口：「現在就算要我寫個散文，我也寫不出來。」

大輔說的是事實，先前有文藝網路專欄想做獨立書店專題，來信向大輔邀稿，希望大輔寫篇簡單的一千五百字文章介紹鹿鳴書店。

但大輔打開Word，寫了幾個字，盯著滑鼠的游標發呆，發現自己竟不知從何下筆，最後只得作罷。

他才知道，原來文字這種東西也跟朋友一樣，是需要定期去套近乎、拉交情的，否則時日既久，就算是再親膩的老友，都會生疏到連照面都不認得。

「我剛才向羽毛筆工作室發了電子郵件。」

白華說著。

「我跟田老師提了一個企畫，白樺工作室的新手遊將與羽毛筆工作室攜手合作，羽毛筆負責改編漫畫，我則負責找作家創作原案小說。原案小說、改編漫畫和遊戲上線日期都會同步進行，故事線也會由三方共同討論。而我提出的原案小說作家就是你，高大輔老師。」

白華平靜地說著。因為戴著墨鏡的緣故，大輔實在讀不出這人的情緒，也一如往常不知道他在想些什麼。

「田老師才華洋溢，以前還拿過大出版社的新人漫畫賞，但近幾年陷入低潮，一直沒有原創作品推出，工作室經營狀況也不好，為了維持生活，還得到書店打工。這次邀約對田老師來說是千載難逢的機會，你應該不會為了自己的私情，毀了後輩的未來吧，大輔？」

大輔被白華連珠砲似的發言弄得一愣一愣。提案固然出乎大輔意料，白華那張熟悉的臉近在眼前，吐息、聲音和氣味更弄得他腦子亂成一團。

他閉起雙目，正想重振精神說些什麼，工作室外卻傳來樂澄的驚呼聲。

「喂，你怎麼了？助理小弟，你還好嗎？小弟？」

大輔驀地睜開眼睛。

辦公室外傳來小雅的呻吟聲，聽來萬分痛苦。

大輔一驚，他不再管白華如何，轉身便衝出辦公室大喊：「小雅！」

他一開辦公室的門，便發現書精就躺在牆邊，背靠著牆，雙目微闔，臉色潮紅，冷汗直流。

為了陪他來白華的工作室，小雅還跟大輔借了全套西裝，此刻格紋襯衫全被小雅的汗水浸溼，貼著青年起伏有致的肌理。

但現在不是欣賞書精身材的時候，大輔越過不知所措的樂澄，蹲在小雅身側。

「小雅、小雅，你還好嗎？怎麼了，身體又不舒服嗎？」

他伸手觸碰小雅的頰，發現冷得跟冰棒一樣。

他不禁吃了一驚，先前小雅成長熱時，大輔就試著量過小雅的體溫，約略是三十九、四十度區間，就和人類發高燒時差不多。

高知彰也說過，小雅先前兩次成長熱，症狀都是體溫升高、意識模糊。

像這樣體溫降低，像挺屍一樣的狀況，大輔還是第一次遇見，心底頓時慌張起來。

小雅睜開一絲眼縫，發覺是大輔，扯起唇角笑了下。

「抱歉……大輔哥，我的身體……好像有點奇怪……」

這時白華也出了辦公室，看見委頓在地上的小雅，神情也略顯訝異。

「他怎麼了嗎？」大輔聽見白華在身後問：「需要幫忙叫救護車嗎？」

他咬了下牙，小雅是書精的事他並不想讓太多人知道。送醫院是絕對不行的，就連白華……現在大輔也不確定他能否信任。

最理想的狀況是把小雅帶離這裡，再餵他吃書。

但以目前的狀態判斷，小雅顯然無法自行移動，他又沒自信獨立扛著胸肌男狀態的小雅離開這裡。

他往小雅的手腕一看，卻見他皮膚一點血色也沒有，手腕和手掌的交界處，隱約竟出現裂痕。

大輔一悚，知道自己不能再遲疑。他道：「白華，來幫我忙。」

他先撈起小雅單邊手臂，繞過自己後頸，使勁將青年沉重的身軀扛起。白華會意，站到小雅另一側，扛起他另一邊手臂。

大輔和白華究竟是五年的室友，默契絕佳，白華幫著把已然昏迷囈語的小雅放上沙發時，還把辦公室的門鎖上、百葉窗拉下，不用大輔多交待。

大輔握著小雅的手說：「白華，你這裡有書嗎？」

白華盯著大輔和書精交扣的五指，半晌才移開視線。

「那櫃子都是，但這辦公室是新的，有些書我還沒搬過來，舊工作室比較多一點，你要書做什麼？」

大輔立即走到書架前，發現大多是遊戲程式、繪圖技巧等實務用書籍。據之前高知彰的實驗，雖然不知道原因為何，文學價值、藝術價值越高的書，對填飽小雅肚子越有效。

「沒有小說或漫畫之類的嗎？」大輔焦急地問，目光在書脊間逡巡。

「那一類的都留在舊工作室那頭，因為數量真的太多，還有我們的公寓裡。」

白華一邊觀察大輔的行動，一邊回答：「田老師的可以嗎？這邊倒是有幾本她早期的原創漫畫。」

大輔翻了一下白華手邊的書，嘆氣：「都吃過了，沒效。」

「吃過……？」白華一臉困惑。

這時小雅忽然用手扯著胸口，卻見他喉結滾動，裂痕部分竟從小雅手臂蔓延，一路擴散到鎖骨來。

大輔心膽俱裂，忙蹲下來握住他的手道：「小雅！」

「如果自己裝訂的書也可以的話，這裡倒是有幾本小說。」白華忽說。

大輔喜出望外：「在哪裡！快點給我！」

白華猶豫了片刻，才走到自己辦公桌前，打開右手邊上鎖的抽屜。

大輔見他拿出好幾疊Ａ５的白紙，如白華所說，這些「書」看上去都是自己裝訂的，也沒有封面封底，只用大鋼釘貫穿了事。

大輔拿了最上面的一冊，卻見封面上寫著「花店少年」。

他愣了下，書名也就罷了，左下方竟寫著「大斧・著」的字樣。

「這是……」大輔愣怔地拿著那本「書」。

白華沉默了下，輕輕一嘆：「嗯，是你當年在網路上發表的那個長篇，我把它們全部排版印了下來，做成簡易的紙本書。」

大輔腦子深處有什麼轟隆隆地響著，但小雅情況危急，雖然還有太多頭緒無法理清，但現在顯然不是蘇格拉底的時候。

「白華，你閉上眼睛。」大輔沉聲說。

白華的表情更加困惑，大輔瞪了他一眼，眼神猶如同居那五年裡，大輔警告白華不准每次回家就把襪子丟玄關那般。

白華只猶豫片刻，便依言照辦。

但大輔不滿意。

「你戴著墨鏡，我沒辦法確認你是不是守約，你先把太陽眼鏡拿下來。」

白華苦笑了下，他倒是沒摘眼鏡，只是背過身去，雙手揹後。

「這樣行了吧？」他問。

大輔沒空再管他，確認白華真的沒偷瞧後，他托住小雅的後腦杓，像在餵病人喝藥一般，把那本裝訂書湊進他唇邊。

「來，小雅，把這個吃了。」

他把書頁塞進小雅的唇縫間，以往這麼做，小雅的身體就會立即開始進食，在飢餓狀態下，甚至會一次吞噬整本書。

但這回小雅卻沒有反應，大輔心中焦急，雖然高知彰說他做過實驗，只要是有裝訂成冊的墨字，無論多麼粗糙簡陋，都能夠充作糧食。

他不禁想，或許是他的作品太過低劣了，以現在小雅要求的食物品質，根本連糧食都算不上，只能算是廚餘。

他正打算放棄，另覓其他書籍時，小雅卻忽然有了變化。

小雅的身體冒出點點微光，光點通過書精的咽喉一路流下胸腹，血液一般地擴散至四肢，最後匯聚到心臟的位置。

大輔睜大眼睛，卻見他手裡那本「書」竟脫離了他的手，像是受光點吸引般，飄浮到小雅胸口。

書精眼神墨黑，他收攏雙手，將那本書護在掌中，那本書便在他掌中翻起頁來。書頁越掀越快，熾光乍明乍滅，如此超現實的場景讓大輔看呆了，不禁擔心白華就算瞎了，光是辨公室裡的光影變化也該察覺不對勁。

好在白華始終背對著他們。書頁翻到最底，倏地一聲，竟竄進了小雅體內。

大輔聽見書精嘟噥：「還不行……還不夠……」而後便像是斷電一樣，頹然倒回沙發上。

大輔忙往他鎖骨看去，裂痕已然消失，肌膚光滑如新，呼吸也變得平順許多。

大輔鬆了口氣，雖然還搞不懂到底怎麼回事，但至少眼前的青年現在平安無事，還不會從他身邊消失，那就足夠了。

他一肩扛起小雅，才發現自己指尖都是抖的，掌心被冷汗浸溼。

「今天發生的事，不要對任何人提起。」他背對著白華說。

白華看著依偎在大輔肩頭上的書精，像要將兩人盯穿一般凝視良久，半晌才點了下頭。

「……我知道了。」

他替兩人開了辦公室的門，樂澄一臉憂心地等在門口。

「白老師、高老師，剛剛到底是……」

白華沒理會樂澄。

「大輔老師，合作的事還是請你慎重考慮一下。就算不是為了自己，也要顧慮田老師她們的夢想。」他強調了「田老師」三個字。

大輔停下腳步。

「……我認識的白華，是在網路上看見一篇有趣的故事，就會像挖到寶藏一樣欣喜若狂，急著跟身邊的人推薦的人。」

大輔說，白華臉色一變。

「我認識的白華，是可以幾天不吃不喝，就為了想出一個好點子的人。是就算去跪在工作室門口，也要請喜歡的畫家出山做人物設定的人。為了創作出有趣的、感人的、理想中的作品，你可以不惜一切，即使筋疲力盡也在所不惜。」

「大輔……」

「早在你帶著你太太女兒到吉野家……不，跟那無關。早在你決定隱瞞我你已婚的事時，我們的人生就注定沒有交集了。」

大輔深吸口氣，終是回過頭來看了白華一眼。

「……不要讓我更看不起你，白華。」

樂澄直到目送大輔上了電梯，才一臉惶惑地靠近仍呆站在辦公室前的白華。

「呃，白老師，可能是我多管閒事。」

他遲疑地看著白華。

「但你沒跟那個人說……你跟張姊早就離婚了，每個月只有女兒的固定探視日才會見面的事嗎？」

白華沒有回話，只是用中指扶了下臉上的墨鏡。

「快點打開你的『門』吧！大輔，我真的……很想看到結局啊……」

第十一節

大斧　回覆　讀者白華：

最近工作比較忙，有個老朋友頂了一間店給我（與其說是頂，不如說是扔給我），都在忙那間店的事，暫時可能不會更新了。

至於故事結局，我其實也沒什麼想法。

我本來是想寫個有寓意的奇幻故事。文中的花比喻無形財產，比如靈感、道德、正義，或是其他虛無飄緲，但對某些人而言很重要的東西。

因為那些東西經常被說「不能當飯吃」，所以我就想反其道而行，如果真有人能把那些「沒有用」的東西當飯吃，以此維生的話，會產生什麼樣的狀況，就提筆寫了，就是寫到哪想到哪。

我沒有想過結局，但以男孩的角度，對自己而言賴以維生的東西被最喜歡的人否定，像垃圾一樣丟棄，如果我是男孩，可能會選擇從女孩面前消失，從此再也不回來吧。

不管怎麼樣，謝謝你喜歡這部作品，也謝謝你留言告訴我。

如果哪天有機會，可能過個幾年吧！等我的工作搞定、現實生活安穩一點再說，我一定會再回來填完這個坑的。

大斧　敬上

✎✎✎✎

「……我們去約會吧？」

二〇二一年的最後一個週末，大輔趁著鹿鳴中午剛開門最清閒的時分，對他好不容易康復的員工說道。

距離小雅在白華辦公室忽然昏迷，已經過了將近兩週的時間。

小雅被大輔帶回家後昏睡了整整兩天，再醒來時，已然神色如常。

他似乎忘記在辦公室裡發生的事，也忘記自己昏迷時說過的話。

他的記憶只停留在目送大輔走進辦公室那刻，大輔即使滿心疑問，也無法從書精口中得到答案。

大輔把小雅的突發狀況告知高知彰，小高一如往常興致勃勃，纏著大輔要再看一次小雅「同化」書籍的現場。

「但我沒留我的手稿。」大輔說。

「為什麼？我記得你之前不是都會先寫下來再打進電腦裡？我還嫌過你老派呢！」高知彰意外地說。

大輔有些囁嚅：「以前是有，但後來……燒掉了。」

「燒掉了！」

「嗯，一言難盡。」

或許是大輔的臉色太難看，高知彰沒有再追問下去。

他讓大輔把文稿電子檔從電腦裡重新列印出來，做成厚厚一疊A4紙，再裝訂成冊，湊到小雅唇邊。

但這回不管他們難兄難弟怎麼努力，小雅至多都只能像平常一樣用吃的，沒辦法像當時一樣行光合作用。

「咦？」小雅放下沉重的書堆，怔然望著自家店長。

大輔咳了聲：「我想去買個筆記型電腦，剛好鹿鳴這台桌機也舊了，趁鹿鳴改裝前，我還有點盈餘的時候去採購一下新設備也不錯。但電腦這種事我懂得不多，我記得你之前吃了不少庫存電腦書。」

「大輔哥剛才說……」小雅遲疑。

「嗯，我是說了『約會』。」大輔說：「你不是說……呃，那個，喜歡我，想跟我試試交、交往的可能性。」

雖然小雅說的是「做那種事」的可能性，但大輔實在說不出口。

「所以我想，既然你之前有邀我跨年，這也不失為一種互相認識的機會，但如果你改變主意了，那就算了。」

大輔耳根漲紅，小雅立時衝上前來，握住大輔的手。

「不，沒有，請你跟我約會，大輔哥！」

小仙女往這裡看了一眼，大輔老臉實在掛不住，忙壓低聲音。

「那就約三十一日公休日下午兩點，直接在鹿鳴門口碰面。」

「咦？直接一起從家裡出發不就好了？」小雅問。

大輔搖頭道：「我早上還有別的行程，總之先一起去採購電腦，附近有間新開的 NOVA，徒步可到，如何？」

小雅的臉上全是光芒，如果書精也有耳朵和尾巴的話，大輔很確定小雅現在肯定在猛搖尾巴。

大輔也不懂自己是什麼心情，但上回在白華的辦公室裡，親眼目睹小雅瀕臨崩毀的模樣後，他發現自己的心境有些轉變。

無論小雅對他的戀慕是出於吃進去的書還是其他原因，大輔發現自己並不希望這人消失。

可以的話，他希望書精能一直待在他身邊。

雖然這份心情和希望高知彰好好的、希望田心蓓創作順利，似乎細究起來也沒什麼不同。

但大輔覺得小仙女說得沒錯，他不該因為白華一個混帳就把人生所有可能性拒之門外。

✎✎✎✎

這年的最末一日，大輔久違地帶著舊筆電，趁著書精和高知彰都還在睡，到附近的連鎖咖啡廳坐著，想嘗試寫作。

睽違八年打開自己的小說，才沒讀兩行，大輔就自覺羞憤欲死，恨不得把這些作品都送進異次元空間。

在深呼吸了幾次，做完心理建設後，大輔鼓起勇氣往下讀。

大輔發現，自己幾乎忘了這個故事的內容，只記得是個愛情故事，有個男孩會吃花。

粗略讀過一遍之後，大輔才忽然驚覺，為何他在白樺工作室看到畫時會有這麼重的既視感。那幅畫不單與他的小說內容雷同，也和即將與他約會的書精——小雅的狀況不謀而合。

他寫的主角是吃花維生，而小雅是吃書，大輔因此反而沒能立即聯結兩者。

但現在塵封的記憶大門被打開，大輔才發現小雅和主角有許多相似處。

主角男孩是從荒蕪的花園被花店老闆撿到，而小高說，他是在資源回收場發現小雅。

男孩不吃花就會餓死，而小雅不吃書就會餓死。

男孩的身體會隨吃花成長，小雅亦同。

男孩吃花會累積人類的情感，小雅吃書則會累積人類的知識。

男孩自始至終沒有名字，而小雅因為遇上了高知彰，被賦予詩經之名。

大輔越看越是惶恐，幾乎要以為自己精神出了問題，捏造了虛假的人物出來。

他撥了電話給高知彰：「小高，小雅是確實存在的吧？」

小高一頭霧水：「當然啊！還是我從鹿鳴常扔書的資源回收場撿回來的，話說最近鹿鳴還有丟書需求嗎？有的話先別丟啊，我有個計畫想跟你討論。」

大輔鬆了口氣。高知彰也罷了，像小仙女這麼務實的人，不可能會跟著他一起發夢，白華的話就更不可能了。

「大輔哥！」

大輔抬頭，正好看見小雅穿著合身的黑色帽T、修身牛仔褲和球鞋朝他跑過來的身影。書精頭上還戴著黑色鴨舌帽，是小高給的，貌似是哪本小說初版限定的周邊，上面還寫著「第八十七次回歸」。帽T襯得小雅身形修長，牛仔褲包裹著年輕人翹挺的臀，當然還有那雙大長腿。

小雅一手插在口袋裡，走到大輔身前時，他第一次有心臟緊縮的感覺。

「大輔哥吃過年飯了嗎？要不要先去吃點什麼？」小雅問大輔。

大輔點了下頭，雖說是相約跨年，大輔也沒做什麼計畫。

他和白華都不是會參與社群活動的人。前年的跨年，白華說要追一部動畫新番完結篇，兩人就宅在家看電視；去年的跨年，白華要排隊買某個知名遊戲的首發，太陽還沒落下就和大輔兩人帶著睡袋到店門口報到。

以往約會，大輔多配合白華的興趣。他平常沒事不會出遠門，除閱讀外也沒什麼嗜好。而白華熱愛逛展覽、逛書店，喜歡的電影總會七刷八刷，也會和朋友約密室逃脫，說是「激發靈感」。大輔學生時代本就習慣被高知彰帶著跑，所以也只是換了個人帶而已。

「呃，你喜歡吃什麼？」大輔問小雅，隨即知道自己蠢了。

「大輔哥喜歡吃甜食嗎？」小雅似乎不在意，他指著遠處一間咖啡館說：「那間的芋泥奶油蛋糕好像很好吃，印度咖哩簡餐也頗受好評，老闆是留法的甜點師傅，很受年輕女性顧客歡迎。」

小雅見大輔望向他，又笑說：「我之前吃過附近商圈的地圖，還有北部咖啡廳的指南，裡頭有不少介紹。」

兩人相偕進了咖啡廳，由於是跨年夜午間，咖啡廳裡擠滿了人，遠處有幾桌聚集了正在拍照上傳的女性，也有家庭客，時不時還有女性的尖叫聲。

放眼望去，兩個男人的組合就只有他和小雅，讓大輔有些赧然。

大輔照小雅的推薦，替自己點了印度咖哩套餐和芋泥奶油蛋糕，小雅則點了一份季節芒果蛋糕。

「你能吃嗎？」大輔邊吃咖哩邊問小雅。

小雅搖頭道：「我的這份給大輔哥。」

大輔吃著眼前的咖哩。不愧是雜誌推薦的名店，氣味濃郁，各種香料的混搭十分平衡，加上最上頭放的那顆半熟蛋……即使約會對象無法進食，讓大輔心存愧疚，他還是三兩下就狼吞虎嚥完了。

「最近身體還好嗎？有沒有不舒服的地方？」大輔問小雅。

自從上次在白華辦公室的驚魂記後，小雅就沒再出什麼狀況，但外貌年齡也沒再成長。

這讓大輔多少鬆了口氣。現在和二十歲出頭的小雅同居一個屋簷下，就足夠讓大輔心跳加速了。

大輔實在不敢想像那個巨大書籤如果再繼續成長會是什麼樣。

「我沒事，大輔哥不用擔心我。」小雅托腮笑道，惹得大輔臉上一紅。

自從吃了那篇手稿後，大輔覺得小雅的態度也有所轉變。

以往這少年對他一頭熱，像是崇拜偶像的粉絲一樣，做什麼都跟前跟後。

但現在，大輔發現小雅看向自己的眼神裡竟多了那麼點複雜意味，好像在看一個難以理解卻又放不下的對象那般。

「大輔哥，你這邊沾到了。」

小雅一直看著他吃飯，此刻忽然伸出手來，用食指指尖觸碰他的唇瓣。

大輔又是心搏微快，他側頭閃過，從旁抽了衛生紙，匆匆拭去。

「啊，關於筆電，我之前查過資料，微軟的 Surface 系列好像賣得不錯，不過我有點擔心我不會用觸控螢幕。不然就是華碩的 Zenbook 系列，但是規格有點高，我只是要做文書處理，偶爾看點影片。」

小雅抽回了手。

「要看大輔哥重視的性能方向而定。」

他正色說道：「如果希望硬碟處理速度快一點，那就是看它的轉數，以筆電而言，五千四百轉是標配。再來是看CPU，如果不打電競遊戲，不需要買到 Intel Core I5 以上，單純文書處理 I3 或 AMD R3 就很夠用了。」

大輔聽得一愣一愣。電腦資訊類叢書容易過時，也因此廢棄庫存最多，許多小型出版社甚至不願回收此類庫存。

也因此早期小雅吃的圖書裡有八成是電腦書，上回還對高知彰的電腦風扇提出了建議。

「……真方便啊。」大輔感慨地說。「要是人類也有這種閱讀能力就好了，考試就不用念得這麼痛苦。」

「閱讀……」小雅忽然問。「是什麼感覺呢？」

大輔怔了下，這才想起小雅是以書為食，也因此書中的文字對小雅而言是養分，而非讀物。

「你沒辦法讀書嗎？」大輔問：「應該說、呃，你識字嗎？」

小雅歪頭想了下，說：「對字的知識是有的，比如看到『高大輔』三個字時，會知道那是大輔哥的名字，書店裡的報表和文件也都能理解，但拿到書時，就會自然被書頁的香氣吸引，會變得只想吃它，無法讀上面的字。」

大輔嘖嘖稱奇，小雅又問：「人類即使閱讀完整本書，也不見得能完全理解那本書的內容，是這樣嗎？」

大輔點頭，小雅瞇起眼睛。

「但為什麼呢？書不就是人類為了傳達知識而存在的，如果讀完書也無法正確理解裡頭的知識，閱讀有什麼意義？」

大輔愣了愣，他倒真沒想過這個問題。

「……可能是因為每個人都不同吧？」

他放下刀叉，說道：「書說到底也是人寫出來的，就像某個人想說的話。平常人類在對話的時候，比如我和你現在坐在這裡說話，但你可能因為分心，可能因為疲倦，或是因為不懂我某些字詞的意思，就會產生誤解。」

小雅問：「就像我現在說：『大輔，我喜歡你，我想跟你在一起。』有可能被大輔哥解讀成我想和你當朋友，或是家人之間的喜歡這樣嗎？」

大輔嗆了下水，忙伸袖擦拭，接著說：「嗯，對，大概像是這種感覺。」

「但這樣該怎麼辦？」小雅又問：「如果永遠都存在誤解，那有些事情不就永遠無法讓人明白了嗎？」

大輔認真思考了下。

「或許真的是這樣。有些人，即使和他相處再久、關係再親密，也無法真正了解他……和讀書一樣。」

他忽然想通了什麼，直視著書精。

「但我認為這個過程……閱讀也好、相處也罷，並非毫無意義。正因為無法完全理解，努力去理解、拉近距離的過程才是最難能可貴的。」

午餐在某種曖昧不明的氛圍下結束，大輔吃了兩人份的蛋糕，這裡的甜點一如小雅的情報，芋泥綿軟、甜而不膩，讓人口齒留香。

大輔本來想自己付帳，畢竟書精一口都沒吃。

但小雅堅持要請客，大輔也只能接受員工的好意。

兩人在 NOVA 逛了一小時，最終選定了幾款筆電，在小雅專業的交涉下買了台國產中等規格的。

小雅不知從哪學來的殺價功夫，還跟店員拗到了八折，加送 Office365 家用版和滑鼠。

「鹿鳴的滯銷書裡有行銷和交涉心理學的書籍。」小雅解釋道，大輔覺得現在的讀者真是太沒眼光了。

小雅提著滿滿兩大袋電腦用品走上歸途時，差不多已到夜間十點。

市中心的人流絡繹不絕，通往市政府的捷運卻早已封閉，開始進行人流管制。

小雅說這附近不少地方看得到煙火，說是《驚奇！浪漫！溫馨！北部跨年景點推薦》這本書裡說的，大輔完全不記得鹿鳴還有這種滯銷書。

大輔和小雅相偕走在通往森林公園的路上，兩人的影子在紅磚人行道拉出頎長的影子。

大輔覺得自己該說些什麼「今天謝謝你」、「玩得很開心」之類的，但又覺得就這樣沉默著也很不錯。

但小雅還是開口了：「大輔哥打算繼續寫作了嗎？」

大輔「嗯」了一聲。

「想嘗試看看，不過也不知道能不能成功，我都已經八年沒動筆了。買個新筆電也是想給自己一點鼓勵，像付了健身房月費就會多少運動一下那樣。」

小雅沉默了下，才接著說：「大輔哥會想重新提筆，是為了……那個人嗎？」

大輔愣了下，隨即明白他指的是白華。

「不，跟他無關。」大輔斬釘截鐵地說。

「但那個人的提議，大輔哥有考慮要接受，是嗎？」小雅說：「……抱歉，我在辦公室外聽到你們的對話。」

大輔沉默了下。

「心蓓她很期待能跟白樺工作室合作。」

他仰起頭，看著光點稀疏的天空。

「我曾經和她一樣有夢想，但我放棄了。心蓓是勇敢的孩子，她在追逐我不敢追逐的事物，現在有辦法能夠幫她一把，我不希望因為自己的私人情感，阻礙別人的路。」

「或許這就是那個人的目的。」小雅沉默了下，才說：「他很了解大輔哥，知道大輔哥會為了心蓓姊心軟。」

「嗯，我很好看透對吧？」

大輔苦笑，又長長嘆了口氣。

「我本來以為我會很生他的氣，也想過如果能再見面，一定要打他兩拳之類的。但真見了他的臉，我又忽然覺得，他好像也沒想像中那麼可惡，反而還……有點懷念，很可笑不是嗎？」

兩人閒聊著，小雅帶大輔來到一座陸橋旁，那裡零星站著幾對情侶，似乎都是和小雅一樣知曉門路的人。

兩人並肩坐在石階上，引頸望著遠處擎天的火柴棒。

「……大輔哥跟那個人，那個叫白華的大哥，到底發生過什麼？」

等待煙火的期間，小雅忽然問道。

大輔一怔才想起，自己似乎從沒跟小雅他們說過白華的事。他向來沒什麼朋友，和家人也疏離。母親就不用提了，父親自從拋下他們之後，和大輔也無甚聯繫。

本來知道大輔性取向的人便不多，知道他與白華交往、同居的更是寥寥可數。就連跟了他三年的田心蓓，也只隱約知道他跟情人同居、最近分手的事。

和白華分手將近一年，大輔發現，自己竟一次也沒找人傾訴過。

那些情緒一直悶在大輔胸臆間，藏著抑著，像是忘記丟棄的隔夜麵包，獨自發酵腐爛，到了曬太陽都去不了霉味的地步。

大輔先從吉野家的事講起，講完後又發現得從同居的事談起。但要說他們為何交往，又得從最初在網路上相遇的事講起。

大輔覺得自己真不是個適合說故事的人，相識八年的經歷被他顛三倒四、反反覆覆地講了半天，還組織不出個所以然。

好在小雅始終很有耐心，中間擔心大輔渴了，還去附近超商買了台啤。

大輔拿過一罐啤酒，坐在階梯上啜飲著，酒意上湧，也讓書店店長更放飛自我。

他越說越投入，講到白華傳簡訊騷擾，還到鹿鳴前面站崗的時候，忽然情緒悲從中來，就這麼坐在石階上掉起淚來。

白華說，他變得和以前不同了，懂得哭、懂得落淚，說他的門縫終於開了那麼一點。

但大輔不懂，他明明從前也哭過、也笑過，還不只一次，就在那個人面前。

白華說的「門」是什麼，他真的一點頭緒也沒有，也感受不到，遑論自己打開？

「我真的、搞不懂那個人……」

大輔抽著氣、抹著眼淚，也不顧這裡是公眾場合。

「我的、小說，明明就不怎麼樣。我年輕時也很喜歡看小說，我看過很多優秀作家的作品，有自知之明。我文筆不好，情節設定也不特別精彩，人物也不吸引人，連床戲那種吸睛的賣點也沒有……就真的、很普通。

但那傢伙不知道哪根筋不對，竟然在這種文章下面留言，還每章每回下面留這麼長的言……是有毛病嗎？

他還叫我『大大』，還說『期待下一回』，我根本就不是什麼大大，我每次貼文出去，點閱率都只有二，一個是他，一個是我自己……」

大輔仰頭飲著啤酒，一下子喝掉半罐，他臉上潮紅，氣息急促。

「而且我後來也放棄了，鹿鳴工作又忙，我壓根兒忘記小說這回事。這八年來，我一個字都寫不出來，我根本就不是什麼作家。

但是那個人卻要我跟他合作，要我寫原案小說。

有沒有搞錯？這麼大的公司、這麼多人玩的遊戲，這麼多隻眼睛在看……我查過了，以前跟他合作過的作家和漫畫家都是有名到不行的，怎麼可能輪得到我？」

大輔緊抿住唇，但還是克制不了顏面神經顫抖。

「他只是要羞辱我，難道不是嗎？他玩弄我的感情，欺騙我整整七年，現在連好不容易稍微忘記他的我都不肯放過。

他要我徹底認識到，我高大輔就是個連書店房租都付不出來、被老友遺棄、被員工看不起、平庸又沒有才華的書店老闆，活該被他、被那些有才華的人玩弄在股掌間一輩子……

小雅，我真的、搞不懂他，我真的搞不懂那個人哪……」

大輔擤著鼻子，把手裡啤酒仰頭飲盡。啤酒罐落到地上，滾出冒著泡沫的殘酒，在公園路燈下折射出光芒。

小雅一直靜靜看著他，任由大輔掉淚，直到確認他平復了點，才開口。

「我倒是希望大輔哥能接受他的提議。」小雅說。

大輔愣了愣：「為什麼……？」

「我吃過很多心蓓姊的書。」小雅說：「雖然味道深度有區別，但是我從心蓓姊書裡嚐到的，和很多召南哥給我吃的世界名著，像是《百年孤寂》、《罪與罰》或是《人間失格》……從那些書裡嚐到的感覺……很近似。」

小雅瞇起眼睛說：「我不太會形容，就是一種……讓人忘懷不了的味道。」

「有什麼在裡頭閃閃發光那樣嗎？」大輔忽然問。

小雅怔了怔，緩緩點了頭。

「嗯，所以我希望寫出這些書的心蓓姊能夠實現她的夢想，這是第一個原因。」

大輔默然無語，但小雅很快又說：「第二個原因是，我希望能看到大輔哥你的創作。」

他認真地看著大輔。

「大輔哥認為自己沒有才華，當不成作家，但大輔哥說過，你連投稿都沒有嘗試過，連開始都還沒有開始，怎麼能夠斷定自己有沒有才能呢？」

大輔一時語塞，他想起婦肩講的那番話，但這氛圍下不便出口。

「……我已經三十五歲了。」

他只好說：「如果我還是二十多歲，和心蓓一樣，可能會想嘗試看看吧？你不是人類，可能不知道，像我這種年紀的大叔，大多已經事業有成，不然就是結婚生子，沒人在做寫小說這種不切實際的事。」

「《魔戒》的作者托爾金，六十二歲才出版第一本《魔戒》。」

小雅忽然說。

「《牧羊少年的奇幻之旅》作者保羅．科爾賀，年屆四十才起筆寫小說，在這之前從事的是唱片業。《魯濱遜漂流記》的作者笛福，在五十九歲那年才以這部作品爆紅，在那之前他甚至從沒寫過小說。

和他們比較起來，大輔哥一點都不算晚，還有很多可能性。」

他看大輔聽得一愣一愣，才撫了撫後腦杓。

「啊，抱歉，在鹿鳴的書庫裡，有本《近代小說家簡史》，裡面有提到一些大器晚成的作家，雖然那本並不好吃就是了。」小雅苦笑。

大輔說不出話來，他看著眼前書精的雙眸，半晌問道：「小雅，你在白樺工作室時，有吃過我的書……我的創作，對嗎？」

大輔吞了口涎沫。

「你吃下去感覺如何？有……閃閃發亮的感覺嗎？」

小雅尚未回答，卻聽耳邊傳來「砰砰」兩聲巨響，然後是此起彼落的尖叫聲。

大輔一怔，和小雅同時抬頭一看，才發現是慣例的跨年煙火秀開始了。

在這之前，他和多數不愛人擠人的老人一樣，都只在電視上看過燃燒的火柴棒，像這樣身歷其境還是頭一回。

無數火樹銀花從火柴棒一般的建築物周邊躍起，散進夜空，化作無數璀璨燈火，再如流星一般四散墜下。

大輔看得眼花繚亂，強烈的聲光和巨響刺激著他有七分醉意的感官，竟讓他瞬間有些鼻酸。

大輔忽覺聲光被遮擋，有什麼人挪到他身前，擋住了他的視線。

書精熟悉的香氣鑽入鼻腔，貼在他潮溼的唇上。

大輔這回沒有掙扎，只是被動地承受著。和上回在書店前那個倉促驚嚇的吻不同，這回大輔清楚地感受到了。小雅的體溫、小雅的顫抖、小雅的吐息、小雅的愛與慾，真實得令大輔心悸神搖。

小雅把唇移離，用唇型說了些什麼。

但煙火的爆烈聲實在太大，大輔聽不清，只能茫然凝視書精的雙眸。

「新年快樂，大輔哥。」最終大輔聽見小雅這麼說。

第十二節

告別男孩，女孩回到了在資源回收場的家。

她看著堆滿廢棄物的倉庫，鐵罐、鋁罐、保特瓶、廢報紙、廢紙箱、壞掉的家電、舊時的衣物……城市裡的人看似垃圾的物件，在女孩眼裡，都是她與母親賴以生存的財富，是她們溫飽的來源。

女孩往某個放廢電纜的箱子裡一看，發現裡頭不知何時放滿了花。

那些花都是她過往丟棄的，男孩送她的花。

花不知道被誰細心整理過，雖然枯的枯、凋的凋，但還有幾葉花瓣屹立著，被人插在回收用的塑膠瓶裡，裡頭放滿了水。

而在那盆花一側，有人放了一包紙包的物品。

女孩將它拾起，發現重量甚輕，是包種子。

想念我的時候，就為我種一朵花吧。

女孩愣了愣，在心底嘟囔了聲：誰會想念你啊？

但男孩的署名倒是讓她愣了一下，這是她第一次知道花店男孩的名字。

她開了那包種子，種子形態各異，混合了不少花種，女孩對花沒有研究，回收場後頭有塊空地，女孩便隨手找了個向陽處把種子胡亂撒下去，想了一下，又用空鐵罐裝了點水，澆在那些鮮花上。

她看著男孩留給她的小卡片，順手將它收進口袋裡。

「反正長不長得成都不關我的事。」女孩想著。

大輔扯了西裝領帶，屏氣凝神地看著眼前一字排開的陣仗。

這是他第二次到羽毛筆工作室來，氣氛卻和上回有著天壤之別。

在羽毛筆工作室簽約是出於高知彰的建議。

和小雅約完會後，三人在大輔家中開了個緊急作戰會議，大輔向在大出版社血戰過的高知彰大略講了白華的提案，詢求他的建議。

「但『白樺工作室』並不是一間正規出版社吧？」

小高一針見血地說：「即使你的小說完稿，他們也無法幫你出版，不是嗎？」

大輔一愣，他倒沒想到這個問題，說到底他連寫不寫得出來都是未定，更遑論出版。

「我查過他們家申請 ISBN 的紀錄，他們是出過一些設定集、攻略之類的書籍沒錯，但小說和漫畫都沒有出過。」

小說的潤稿、校正、排版、送印、行銷都和遊戲設定集完全不同，在大出版社甚至會由不同部門負責，高知彰解說著。

「除非他們沒有出版計畫，但這對你和那位田老師很不公平，錢給得夠多也就罷了，若是沒有，等於把你們當影子編劇，連版權金和版稅都省了。」

大輔聽得一愣一愣，小高一如往常，還拿了不知哪來的小白板，在上面畫了圓餅圖，熱切地分析著。

「你是沒什麼經驗的菜鳥，被當韭菜收割也就罷了，田老師是有實績的創作者，消息公布後，『眷戀羽毛筆的仙女』粉絲肯定也會為了喜歡的漫畫家買單，等於白樺工作室消費她經營多年的筆名，自己卻不用付出任何代價。」

「那該怎麼辦？」小雅在一旁舉手問。

「唔，關於這點，我倒一直有個想法。」

高知彰露出高深莫測的微笑。

「但這想法有點瘋狂，事實上也是給我自己找麻煩，但很有一試的價值，就看我的老友有沒有這膽量了。」

大輔本來找了小高一起來簽約，但被這位高智能阿宅婉拒了。

「不行啦！我在魔大陸住得太久，太久沒到中央大陸見人類了，連西裝領帶要怎麼打都快忘了，而且開會會讓我想起過去的事，還是算了，你有沖田總司陪著你不是嗎？」

大輔看了眼一旁同樣正襟危坐、西裝筆挺的小雅。為了出席正式場合，大輔把他年輕時留下的，現在襯衫已經塞不進腰圍的西裝借給小雅。

不愧是漫畫裡走出來的標準身材，小雅現在看上去就像大學剛畢業，出來求職的有為青年，脖子上的酒紅色領帶是跟高知彰借的，襯得他格外精神抖擻。

「一般而言，簽約的場合我不希望有無關的第三人在場，會牽涉到保密義務問題。」

白華對小雅的出現果然沒報以好臉色，他依然戴著那副招牌墨鏡出場，大輔實在無法理解在室內戴太陽眼鏡意義何在。

「不，他是我工作室的行政助理兼行銷企畫，不是無關的第三人。」

「……你的工作室？」白華挑眉。

大輔一陣緊張，原因是白華居高臨下，雖然隔著墨鏡對不到眼神，但大輔知道白華在注視著他。

「唔，上、上星期才成立的，和朋友一起。」

「是和那個在稜河編輯部當過編輯的朋友吧？」

白華一如往常瞭若指掌。

「他不是跟同事說過再也不碰文創產業了？據說他在稜河時曾經造成簽約作家出走潮，在出版業混不下去才出來開書店。一個把整間書店扔給你的男人，你還有信心繼續和他合作，真不愧是你，大輔。」他意味深長地說。

大輔接手「鹿鳴」時和白華還只是普通朋友，即使如此，白華也知道他的焦頭爛額。當時大量的呆帳、未處理的庫存、混亂不清的契約，還有拖欠多時的房租讓大輔幾近崩潰，連白華都替鹿鳴處理過幾次發霉風乾的庫存書。

大輔沒跟白華說過高知彰這名字，只約略提了是從朋友手上頂的，但這人真是他的黑粉，竟然連小高在稜河工作過這點都查出來了。

「小高不是你想的那種人，他只是人生有過低潮，跟我一樣。」

大輔試著心平靜氣。

「總之，我現在是代表整個工作室跟你簽約，接下來的工作，我也希望能以這種型態與你們公司合作。」

白華凝視著他，正要開口說些什麼，就聽到旁邊傳來遲疑的女聲。

「那個……店長、總監先生，所以我們可以開始了嗎？」

大輔和白華從劍拔弩張的氣氛中驚醒，才意識到小仙女她們都在一旁。

婦肩和惡魔貓女坐在小仙女左側，和那天茶會時完全不同，婦肩穿了件黑色套裝，看上去就像個正經人，惡魔貓女也穿了 Lady 的裙裝，還都上了妝。

只有小仙女依然是書店標配，白色襯衫搭黑色吊帶裙。

三個女孩目不轉睛地盯著大輔和白華，這讓大輔無地自容，他知道以小仙女她們的創造力，《手遊劇本家與書店店長說不清道不明的前世今生》腦內漫畫分鏡可能都跑三百頁了。

「按照先前在網路上討論的結果，我請法務先擬了草約。」

站在白華身後的樂澄咳了聲，把早已準備好的資料擱在眾人面前。

「前三個月是大綱及人設確定期，主要角色的需求先前都用電子郵件發給各位了，幾位老師應該都確認過了吧？」樂澄問。

婦肩等人紛紛點頭，樂澄又繼續說：

「手遊預定今年暑假上線，小說和漫畫預定同檔推出，好炒熱知名度。這邊就請原創故事的作家高大輔先生……請召南工作室先提出大綱，給羽毛筆這邊確認過後，雙方可以同時動筆。」

「漫畫和小說，內容需要一樣嗎？」田心蓓舉手問道。

「有點不同是無所謂的，畢竟漫畫的呈現方式和小說的呈現方式本來就有不同。」

樂澄鼓著飽滿的頰肉熱心說明著。

「再說，漫畫需要的製作期程較長，田老師應該也無法等高老師全部完稿再動筆，會趕不上檔期。分開進行的話，高老師這邊也比較沒壓力，可以慢慢培養靈感。」

大輔聽著聽著，不知為何竟忽覺胸口一熱。

「檔期」、「完稿」、「靈感」這些詞彙刺激著他……曾經在年少時期作過的夢。大輔本以為這早已被他遺忘。

沒想到它們竟都還在，經過時間醞釀催化，變得更為醇濃、厚實。

他被當作一位創作者看待，在此時、此地、此刻。

「兩位創作過程中如果有問題，也可以隨時以電子郵件或 LINE 提出，我很樂意成為兩位的橋梁。另外，關於出版的事宜……」

樂澄看向大輔，語氣有些遲疑。

「啊，是！」大輔還沉浸在那種異樣氛圍中，聞言警醒。

「我……不，召南文創和羽毛筆這邊商量過了，這次的作品，我們想自己製作成書籍，自己販售行銷。」大輔說。

這回換白華開口了：「但你沒有製作書的經驗，大輔。」

「我沒有，但心蓓她們有。」

大輔和小仙女對視一眼。

「羽毛筆工作室從事自費出版多年，你也看過她們的書了，無論封面設計、排版、選紙或是印刷成色，都比很多市面上的書來得出色。這點由擔任書店老闆的我來說，應該是很有說服力的。」

「即使書的本體沒問題，但通路方面呢？」

白華沒放過他：「遊戲的影響力超乎你們想像，搭著白樺工作室的名號，同名文創作品從一開始就會有基本市場。我們本來預定首刷最低是五千本，視情況還會加印，那和同人場的印量是完全不能比的。」

「仙大最高印量也有到一千五百本的好嗎……」惡魔貓女在一旁嘟囔。

「印刷方面，心蓓她們也有長期合作的印刷廠。那個印刷廠平常也有接小出版社的單，萬本以下的量對他們而言不成問題。」

大輔耐心地說著。

「書的倉儲和運書鹿鳴可以協助，我們有既有的物流系統，也有足夠的空間放庫存。」

大輔這話說得有點心虛，事實上有些陳年庫存，因為出版社倒閉無力回收，大輔到現在都還束手無策。

雖然高知彰說他山人自有妙計，但老友前科累累，現階段大輔還無法太相信他的嘴砲。

「但通路呢？書不是製作出來就能擺到讀者面前。還有資金呢？」白華一針見血。

大輔事前向羽毛筆的女孩們討教過，以自費印刷而言，內頁和封面是分開計價的，一本十萬多字的書，印量破千前提下，成本可以壓在五十元以下。

即使如此，五千本還是得拿出數十萬元，更別提還有書號費、編校費、排版費、封面設計等等費用，這對大輔和羽毛筆都是太過沉重的負擔。

「資金和通路方面，就要拜託白樺工作室這邊。」大輔咳了聲。「就像我之前說過的，我……召南文創這邊不需要分潤，自費設計、排版和物流省下的錢，都歸給羽毛筆工作室和你們。」

大輔鼓起勇氣直視白樺。

「你們有出版設定集的經驗，和各大書商關係也好，書店和電商的通路費也有優惠，由你們負責通路應該是最理想的。行銷方面我和心蓓她們都會努力，但公關和媒體還是白樺這裡比較擅長。」

白華凝視大輔半晌，最終竟別過了頭。

「稜河的前總編果然名不虛傳。」他悠悠地說。

大輔有點臉熱，這一番話確實是高知彰手把手教他說的，但現在被白華一語道破，大輔有種被看穿的羞恥感。

「你身邊總是會聚集一些有趣的人呢！大輔。」

好在白華沒有追究下去，只是感慨地望了眼坐在桌邊的三個女孩，還有始終坐自一旁，以警戒目光瞪著他的小雅。

他忽然轉向白樂澄道：「把另一份合約拿出來吧，澄哥。」

樂澄面帶笑意，從資料夾中拿了另一份草約出來。

大輔看見上頭「出版事宜」上竟已預先打了鉛字，內容和大輔方才說的內容幾乎沒有區別，而樂澄已經在他訝異的目光下開口。

「剛才商討關於文創作品實體書出版的部分都寫在這份草約上了，兩位老師可以審閱一下，如果沒問題的話，可以在下方簽個名，用印之後……」

✎✎✎✎

白樺工作室暑假新手遊「花吃」情報解禁的消息出來時，大輔正幫著小雅把一疊疊陳舊的風漬書，從鹿鳴書庫的深處搬出來。

不愧是知名國產遊戲工作室的新作，鹿鳴所在的大學商圈到處都看得到廣告看版，附近幾間碩果僅存的漫畫出租店門口也貼了宣傳海報，大輔還看到有女大生路過和海報合照。

「花吃」和白樺工作室大紅的遊戲「戀與總編輯」世界觀相通。「戀與總編輯」的女主角花戀羽，在眾多男角的鼓勵下，決定隱藏出版社總編輯的身分，另以筆名「斧女」出道。

戀羽出版的第一本小說，就是《花吃》。

由於和熱門作品綑綁推出的緣故，「花吃」在封測前就受到廣大注目。

不同於「戀與總編輯」是以女性視角開後宮的戀愛AVG兼卡牌養成遊戲，「花吃」是以男性角色為主視角開展的卡牌養成兼戀愛遊戲。

「男主角『小雅』繼承祖父留下的神祕花店，有一天，他發現花店裡的花妖們竟然都會說話，還會幻化人形，而小雅竟然可以靠著食用花瓣，獲得花妖們的力量？新世代卡牌戰鬥遊戲『花吃』，盛夏七月，與你徜徉花海！」

消息解禁那天，高知彰少見地現身鹿鳴。這是從八年前這位初代店長棄店逃跑以來，首次實質意義地重返現場。

鹿鳴裡許多陳年庫存書都是高知彰當年一本一本向獨立出版社求來的。有段時間，小高對正規出版社強烈失望，轉向培育獨立出版社或文創工作室。

鹿鳴設立之初衷本是要協助那些賣書困難的獨立出版社，減輕通路費、上架費的負擔。

但這幾年實體書市蕭條，獨立出版商也凋零不少，七年下來，許多小高的舊友和小高一樣，不是黯然熄燈，就是根本人間蒸發。

「唉，這本書當年是阿貓自己寫的啊，寫的是他過世女友的故事，我還幫他看過大綱呢！啊還有，這本書當年阿狗在ＢＢＳ上連載時多熱門啊，推文每天都推爆，還是我每天一封信請他讓我推薦出版的……」

高知彰每幫搬一疊書就看著那本書感嘆，雖然讓搬運進度拖延不少，但大輔旁觀他對書的熱情，也很難不動搖。

關於鹿鳴房租的問題，在和前店長商議過後，大輔毅然決然退掉一樓店面，把整個鹿鳴遷移到地下室空間。

本來鹿鳴一樓和地下室都有展示區，地下一樓西側的空間則作為倉庫使用。

地下室有獨立的對外樓梯，作為書店獨立的門面也還勉強堪用，重要的是租金可以大幅度降低。

房東得知大輔終於肯讓出一樓黃金店面，開心得不得了，除了立刻向連鎖商店招商外，也破天荒願意為鹿鳴調降租金。

但如此一來，就勢必得縮減倉儲。

大輔本來想把庫存書直接銷毀，但被田心蓓、高知彰和小雅一致反對。

「我們開個舊書販售會，就當是鹿鳴遷址的宣傳。」

高知彰說出了醞釀已久的提議。

「這些獨立出版商的書很多都是絕版書，也都是好書，網路上高價競標的也不少，只要放出消息，一定會有收藏控來買單。」

高知彰興致勃勃地說：「名稱就叫『即期書展』如何？大賣場不是常有即期品便宜賣嗎？我們就引用那個概念，應該可以吸引到不少惜書的文青。」

大輔雖然對小高的樂觀抱持懷疑，但面對眼前成山成堆的書海，他也沒有更好的方法。

「即期書展」兼販售會預定在這個週六舉行，鹿鳴門口也放出廣告看板，是羽毛筆工作室協助設計和印刷的。

也好在有這兩人幫忙。大輔自接了白華的招後，有大半時間都拿去做寫作復建。

「書名就跟遊戲同名，叫《花吃》可以嗎？」

簽約時，樂澄和雙方做了最後確認，大輔也沒有其他更好的想法。

在和羽毛筆工作室商議後，原案小說定位在遊戲「花吃」男主角祖父時代。本來「花吃」男主角就是繼承爺爺的花店，同時也遺傳爺爺的體質，才能夠以吃花的方式役使花精。

小說描寫男主角的祖父——花店初代老闆與從事回收的女孩的浪漫愛情故事，與大輔當年那部未完成的青澀之作不謀而合。

但這小說停擺整整八年，大輔實在沒有信心能在八年後將它完成。

高知彰教他：「長篇小說一定要有大綱，否則像你這樣的新手，照自己意思隨便亂寫，之後一定會超展開到連親媽都認不出來。」

大輔在家無法專心，他帶著新買的筆電，每天早上六點起床到附近的連鎖咖啡廳寫作。一開始真的寸步難行，大輔打了兩行又刪掉兩行，一下子覺得以前寫得有夠爛，想從頭到尾砍光，轉頭卻又覺得某部分還不錯，擔憂現在寫不出以前那種優美的句子。

這種狀態讓大輔才不過重拾寫作兩週，就有點呈行屍走肉之態。

不但白天書店工作無法專心，連吃飯的時候，腦袋裡都想著書中的句子，構思情節到入魔的程度，連小仙女叫他都置若罔聞。

而更雪上加霜的是，好不容易大輔寫了個大綱，拿給高知彰看，像以往學生時代一樣讓他當第一個讀者，卻慘遭老友無情批判。

「太多不合理的地方了。主角為什麼會忽然想送花給那個女孩子？因為在花店前面一見鍾情嗎？這也太巴洛克復古風了，現代讀者不會買單，你至少要寫個契機，像是女孩失意時主角剛好送他花什麼的都好啊。

還有，主角怎麼知道女孩住哪？跟蹤她嗎？那也太掉ＳＡＮ了，不要小看女性讀者對這方面的敏感度，不然你至少讓女孩質疑一下，當笑點也行。

你的標點符號能不能用全形？半形也太傷眼了。還有對話的人和對話框都黏在一起，根本看不出來是誰在說話。

大高，你錯字也太多了吧？到底是用什麼輸入法才會出現這種錯字……」

大輔雖然自問心臟強度不錯，但當年在網路上發表時，因為乏人問津，唯一的讀者白華幾乎都在鼓勵他，從沒講過什麼缺點，以致於大輔雖然心底深處明白自己寫的東西不怎麼樣，真被人當面說得這樣一無是處，受到的衝擊還是遠超乎想像。

「難怪當時會沒有人點閱。」高知彰越講越直白。「點子是不錯，文筆也還行，但是編排情節的能力實在太差了，像我這種常看小說的人，試閱前面兩頁就知道後面兩百頁的發展了，根本不會想掏錢買。」

「也不用講得這麼難聽吧……」

大輔嘟囔著，現在他明白老友當年為何會氣瘋這麼多作家了。

「我是為你好，市場比你想像得更嚴苛。我現在不罵你，以後讀者會罵你罵得更慘。」小高難得嚴肅地說。

不單小高，白華也讓他不得安生。

簽約時雙方重新交換了聯絡方式，白華現在更堂而皇之地簡訊 Fever。

寫作不用躁進，按部就班即可，可以固定一個時間寫作，無論寫不寫得出來，都坐在電腦前面，養成一種習慣。

寫不出來時就做件自己喜歡的事，喝杯喜歡的飲料也行。

要時常相信自己是有才華的，就算不是事實也要催眠自己。

羽毛筆那邊倒似乎進展順利，在討論完基礎設定後，小仙女這兩週都提早一小時下班，回工作室和婦肩她們趕進度。

小仙女似乎很習慣這種斜槓人生，書店工作依然表現得有條不紊，甚至比平常還精神抖擻，甚至能 Cover 大輔的失誤，讓大輔只能嘆服。

唯一慶幸的就是還有小雅，小雅替他處理大半家務，也依然擔綱鹿鳴壯丁的任務，知道大輔早起寫作，還跟著調整睡眠時間，就為了替大輔做早餐。

大輔吃著美味的番茄羅勒歐姆蛋，看著在小廚房忙碌的書精背影。

那日約會完後，兩人的距離越來越近。大輔久違地嚐到了當年他和白華初交往時，那種一靠近便會臉紅心跳、一接觸便有火花迸裂般的緊張感。

但同時他也注意到，小雅食量似乎變少了。

在「轉大人」之前，小雅幾乎每天要進食十五到二十本書，那陣子大輔和小高為了替他覓食操碎了心，小高幾乎每天都到網咖和回收場報到。

但現在，小雅有時早餐吃個一兩本，中午就沒有再進食，晚餐又再吃個一兩本便入睡，有時一天竟吃不到五本書。

「你在減肥嗎？」大輔有這麼問書精的衝動，但又覺得太愚蠢。

而且他注意到，小雅吃的書類別越來越特定。以前還會吃些高普考參考書、工程規格表或是心靈雞湯之類的書。

但現在，據大輔側面觀察，小雅吃的大半是小說，而且都是文學名著。

但名著在小雅和高知彰同居網咖期間，都被小高實驗式餵食得差不多了，也難怪小雅吃得少，因為能吃的品項也不多。

他發現從鹿鳴拿回來的過期參考書都被小雅整齊地堆在床下，一口未動，顯然小雅也不想讓大輔知道這些事，因此大輔也沒有問。

他承認自己也有點逃避心態，不想知道答案。

總覺得問了、知道了，就會被迫面對什麼。

而他還沒有心理準備能面對那一切。

第十三節

懷著這些憂慮，初冬的週末，鹿鳴迎來期待已久的即期書展。

令大輔驚訝的是，書展竟然盛況空前，表定中午十一點開始，早上九點鹿鳴前就有排隊人潮。

這主要得力於高知彰的宣傳，他自製了邀請函，以電子郵件的方式發送給以前認識的書友，不少人以收藏絕版、限量版書籍為樂。

小高還事前做了清單、拍攝書況、寫了宣傳詞。

「想要收藏臉譜版的《時間的女兒》譯本嗎？想摸一摸聖修伯里《小王子》的原文精裝版嗎？沒收到《衛生紙》詩刊的初版全套詩集嗎？食物會過期，而書永不過期，師大鹿鳴給予愛書的你再遇上真愛的機會！」

小仙女的場販也幫了不少忙，不少羽毛筆的粉絲聞風而至，順勢逛逛書市，增添買氣。

高知彰還製作了藏書卡，和小仙女一起將書分門別類，只要購買某一類別的即期書，就能獲得一枚藏書章。集滿六種不同類別的藏書章，可以在櫃檯兌換鹿鳴限量手製書籤一組，書籤是大輔和小雅熬夜手工趕製的。

近中午時分，人潮越來越多，大輔也逐漸忙不過來，連婦肩她們都被拉過來幫忙結帳，忙得不亦樂乎。

「感覺很順利啊，店長。」

中午休息時間，小雅做了鮭魚親子、蒜香雞肉、客家菜脯三種口味的日式飯糰，搭配熱騰騰的鐵觀音奶茶，分送給每個工作人員。

「我接手鹿鳴八年，還沒見過這麼多人。」

大輔和羽毛筆工作室的女孩圍坐一圈，吃著菜脯飯糰感嘆。

「要不是這個書展，我還不知道這年頭還有這麼多人在看實體書。」

「實體書客群其實一直都存在，只是跟 PlayStation 有點像，變成了一種專業者的收藏品。」

小高經驗老道地說：「稜河以前做過統計，除去一些功能性參考書，台灣的文創類書籍有八成是不到百分之一的狂熱者反覆購入。不看書的人一年看不到兩本，但那百分之一的人口，全年消費的書可能比花在伙食上還多。」

「就像同人誌一樣吧？自費出版也是小眾，但就是有人能夠靠場次吃飯付房租。」

會計出身的婦肩在一旁分析。

「整體閱讀人口減少，書變成冷門商品，變成圖表右邊的尾巴，反而更考驗文創業者的實力。能夠吸引那百分之一的小眾就能成為王者。」

「所以我才會想開獨立書店。」高知彰接口。「以後是電子書的時代，實體書店面臨寒冬是必然的事，但獨立書店還是有活路。」

他得意洋洋地豎起拇指。

「因為顧客來獨立書店買的不是書，而是品味啊！」

下午盛況不減反增，小高用自己的ＩＧ現場直播，不少人聞風而至。展示架上的書賣完了，小雅還緊急從書庫又搬了一批上架。

高知彰的社恐症，遇到書的事情似乎也好了大半，他本來還躲在櫃檯後，但回答了幾個顧客的問題後，也變得異常積極起來。

「詹宏志導讀的《謀殺專門店》系列？哇，好令人懷念的書，這可是我大學推理入門書，不過好像缺了《本店招牌菜》，我幫你找找喔……」

「有的有的，這裡有《黃金羅盤》繁體中文翻譯書。客人你知道最近他的影集要上映了嗎？」

「大然版的神谷悠《迷宮系列》？客人你真內行，竟然知道這部！我跟你說，當初我連最後的《童迷宮》都有收，只不過是租書店的舊書，有書釘。不在意是嗎？甚好甚好……」

大輔一邊忙著收銀，一邊看小高口沫橫飛地在跟一批客人講解《孤島之鬼》A出版社和B出版社翻譯的區別，禁不住也露出微笑。

販售會一直持續到黃昏，五點晚飯時間前，有個女性走到結帳櫃檯前。

「您好，請問您是獨立書店『鹿鳴』的店長嗎？」

她穿著隨性的黑色帽T，胸前還寫著「那些年，我們膝蓋中的箭」，襯上俐落的牛仔褲和鴨舌帽，整體給人清爽灑脫感。

「很抱歉沒事前申請，但我在IG上看到這個即期書展，覺得很有意思，想做個簡單的採訪，大概花費您十到十五分鐘的時間就好，不知道方便嗎？」

女性遞了名片，大輔還沒能細看，就看到她脫下鴨舌帽。

他瞪大了眼，身體抖得坐不住。

小雅注意到大輔的不對勁，忙壓低聲音問：「大輔哥，怎麼了？」但大輔始終沒有回應，只是以石化狀態凝望著那個女記者。

「我先自我介紹一下，我叫張凱潔，是跑文藝線的平面媒體記者、台灣本土文創雜誌《韋編》的專約撰稿人，本身也有經營部落格和出書。」

女性說著遞上了名片，名片走中二華麗風，黑底名片的中央以花俏的燙金字體寫著：

「記者　張凱潔」，大輔卻沒有伸手接下。

他見過這個女性。雖然只有一面之緣，但足夠讓大輔印象深刻。

她是吉野家那天，在白華身邊那個女人。

她是白華的太太。

「高店長很年輕啊！在這種精華地段開獨立書店，應該滿吃緊的吧？」

女記者似乎沒察覺大輔的異樣，繼續熱情地說著。

「畢竟實體書利潤很薄，獨立書店又常談不到理想進貨價格。我看了你們粉專上的遷址公告，應該也是因為房租關係不得不縮減到地下室吧？真是辛苦了。」

大輔意識到自己應該說點話。也是，在吉野家相遇出於偶然，以白華那種神祕主義的個性，肯定不會讓太太知道他的存在。

看這個人的態度，也不像是刻意來試探他這個小三的。

縱使一切純出於偶然，大輔還是止不住指尖一陣陣顫抖。

他只覺手背上一暖，低頭一看，卻是小雅覆住了他的手背。

書精的體溫透過毛細孔緩緩流淌到大輔體內，讓大輔的心不可思議地平靜下來。

「妳是……記者嗎？一直都是？」他擠出一句話。

「算是，以前有當過一陣子專欄作家，也寫過小說，但之前幾乎都在國外發展。我在奧克蘭長大，父母都移民到那，現在我女兒有一半時間也住在那，開始從事中文創作還是近幾年的事。」她自我介紹著。

「那妳……先生呢？」大輔鼓起勇氣問。

「先生？你怎麼知道我結過婚？我看起來這麼老嗎？」

張凱潔哈哈笑道：「不過我還真的結過，只維持兩年就是了。」

「兩年……？」大輔整個人石化。

張凱潔單手插腰，若無其事地說著。

「嗯，其實我有點對不起我前夫，我想要小孩，但我個性比較獨立，寫作工作又需要獨處，當年結完婚生了 Maggie 後，我就忽然覺得有個人綁住我很煩，就跟他提了離婚，這已經是六年前的事了。」

女記者笑得開懷，沒注意到大輔的臉色青一陣白一陣。

「最初求婚的也是我，我前夫應該覺得很傻眼吧？好在他是個好人，他也知道我的性子，沒多刁難我什麼就同意了，也沒有跟我爭 Maggie。」

大輔抖著聲音說：「你們……還有再見面嗎？」

「當然有，我和他本來就是好宅友。不過最近只有在 Maggie 生日才會見面，本來是說好每月有一天一起帶小孩出去啦！但是差不多五年前，他說他有新對象，見面太頻繁不好，我也尊重他，後來就越來越少一塊出遊了。」

張凱潔歪了歪頭。

「最後一次見面應該是半年前？他說有重要的事要跟我談，也想再見一次Maggie，但他也很沒誠意，約在吉野家那種隨便的地方，很好笑吧？從那以後我們就再也沒見面了。」

她說著，見大輔像個人偶一樣傻愣在那，這才醒覺過來。

「怎麼都在講我的事啊？還是回到鹿鳴上頭來吧！我聽說高店長是從別人手上頂下這間店的，可以聊聊那時候的事情嗎？啊，請等一下，我開一下錄音筆喔……」

即期書展一直持續到晚上七點，因為買書問書的人依然絡繹不絕，最後在高知彰宣布下次擇期再開後，人潮才逐漸散去。

大輔盤點庫存，這一天總共賣出三百四十二本書。

有個小高從前在二手書社團認識的網友，一口氣包走了五十多本桂冠出版的世界名著全集，還特地找了拖車來拉。還有一名七十多歲的老太太包走了三十多本五味太郎的童書繪本，說是要給孫子當生日禮物。

「比鹿鳴半年的銷售量還好，早知道應該多辦點。」大輔苦笑。

「但還是有三分之二的庫存處理不掉。」

田心蓓遺憾地看著倉庫裡成山成堆的書，鹿鳴搬遷在即，今天賣不掉、送不走的書，就只有進資源回收場一途。

「這些書從作者手裡被創作出來、排版、編頁、由設計師搭配封面、在印刷廠化成墨字，再透過書店老闆上架到讀者面前，最終卻沒能被任何人閱讀，就這樣走完書的一生……感覺好悲傷。」

「至少我們盡力了。」大輔伸手撫過那一疊疊塵封已久，如今久違見了天日的書籍，忍不住也感慨萬千。

羽毛筆的女孩們說要回去趕稿，在簡單收拾了雜物之後，便匆匆離開了。

大輔邀小雅和高知彰去附近吃飯，算是鹿鳴的慶功宴，但小雅說有點累，想先回家休息。

「大輔哥和召南哥兩個人去吧！兩位應該也很久沒單獨吃飯了。」

高知彰說想吃清淡一點的食物，大輔便挑了兩人學生時代常去的清粥小菜。

兩人點了一桌的魩仔魚、麵筋、苦瓜和花椰菜，配著地瓜粥，享用著遲來的晚餐。

高知彰也注意到那個來訪的女記者，問了大概的狀況。大輔只說對方承諾會在雜誌和網站上幫忙宣傳鹿鳴，但略過了女記者的真實身分。

在聽了白華前妻口中的「真相」後，大輔心頭五味雜陳，困惑、混亂、心酸，還有一點點憤怒。

然而在這之上的，是比之前更多的疑問。

他需要時間把事情想清楚，也承認自己現在有點逃避心態，不想去細思與白華有關的事。

他和高知彰邊扒宵夜，邊有一搭沒一搭地聊著。從學生時代的往事開始，一路聊到小高在稜河的事蹟。

小高講了不少作家卡稿拖稿的各類奇葩故事，還說以前有個作家因為寫不出來，截稿日期在即，假裝自己懷孕，還下載了別人的超音波圖求情。

大輔哈哈大笑：「創作這種事，真的不容易呢！」

「是啊，作家沒靈感時什麼事都做得出來，包括生小孩。生真小孩都比創作容易。」

高知彰感嘆。

「不過，看著人類從一無所有的白紙上慢慢醞釀出什麼東西來，從只是單一的線條和圖像，逐漸變成絢爛多姿、真實存在的世界，還是會很感動。」

他忽然苦笑：「要不是得了胃癌，不得不先救自己小命，我還真想一輩子做下去。」

大輔愣在那裡：「胃癌……？」

高知彰望了他一眼，瓶底鏡片下的眼瞳難得有幾分複雜。

「嗯，檢查出來大概是八年前的事，就是我忽然打電話給你，問你能不能幫我頂鹿鳴那時候。」

大輔一時說不出話來，高知彰便繼續說：「我本來就覺得胃不對勁，在稜河工作時，常常看稿看到一半就痛到不得不去廁所吐，吐出來的東西常常是黑的。但我一直逃避，還說服自己只是胃炎。結果檢查出來已經是第二期，情況有點危急，醫生要我停止所有工作專心治療，還說不動手術的話，我絕對活不過一年。」

大輔知道老友胃不好，但總以為是普通胃病，沒想到嚴重到這種程度。

這樣看來，當年高知彰把書店扔給他遠走高飛，倒不單純是任性妄為而已。

「後來我切除三分之一的胃，吃流質食物整整吃了一年多，手術三年後又復發，又再切除三分之一的胃，現在就只靠三分之一的胃存活，片子裡我的胃就只剩玻璃彈珠大小，就這麼一丁點。」高知彰還用手比了一下。

大輔總算明白，為何高知彰會從個博愛座都得占兩個的胖子，變成現在這種瘦皮猴的模樣了。

「我當時滿衝擊的，哈哈。怎麼說，你也知道我這個人一直活在二次元的世界裡，還引以為傲。」

高知彰又苦笑起來。

「這是我第一次這麼明確地感覺到……啊，原來我還是個真實的人類，有著三次元人類的身體，會病、會痛、會死，死後也不會轉生到什麼劍與魔法的異世界。而且醫生還說，我沒有癌症病史，會年紀輕輕就罹癌，跟我生活習慣太糟有關。雖然是理所當然的事，但我才驚覺原來看書讀書，還真的不能取代吃飯這件事。」

老友的荒唐生活作息，大輔也稍有體認。大學時代大輔還曾受小高老母之託，提著便當去宿舍拯救為了看《銀河英雄傳說》宅了一週，不接電話不回訊息，瀕臨死亡而不自知的高知彰。

「很荒謬的是，書是我罹癌的原因之一，但真面臨生死關頭時，我頭一件想到的，竟然還是那些書。」

高知彰撈著碗裡剩下的白粥。大輔早已吃得碗底朝天，高知彰卻剩下足足三分之二碗。

「得病後有陣子，我陷入恐慌，覺得很多事情還沒做、太多作品還沒看完，住院那陣子，我幾乎都在找書和看書，很擔心我哪天一閉眼，有些書我就再也看不到了。」

大輔總算擠出一句話來：「……為什麼什麼都不跟我說？」

高知彰嘆了口氣。

「你也知道我這人，就是很怕那種場景，生離死別什麼的。當時我真的不知道我能活多久，還寫了遺書給你，雖然現在都燒掉了。」

他看著大輔漲紅的眼眶，神情感慨萬千。

「對不起，大輔。」

他說：「我一直欠你這句話。還有謝謝你，把鹿鳴經營得這麼好。」

大輔看著眼前熱氣蒸騰的白粥，內心五味雜陳。

他氣高知彰瞞他，如果不是小雅的事，引導他們在T書漫再會的話，這人可能打算躲自己一輩子。

但他同時也覺得感激，感激上天終究讓他活了下來，讓他還能和這輩子最好的朋友像這樣坐在這裡談心、吃清粥小菜、過日子。

高知彰靜靜地看著大輔，等大輔稍微平靜一些，才再度開口。

「我在即期書展遇到一位稜河的老同事，他和幾個編輯一起出來創業，開了一間小型工作室，現在專門引進韓國和泰國的文創作品。他們看上我的眼光，請我去當他們的責任編輯。」

大輔一怔：「那你……」

「嗯，我答應嘍！我也不能一直在你家這麼厚臉皮地賴下去。我是想過回鹿鳴工作啦，但你應該請不起我吧？況且我也不希望跟你有金錢上的牽扯，朋友變成合作夥伴後很容易鬧翻的。」

他搔搔下巴，又說：「他們租的辦公室頂樓有個加蓋小套房，可以讓我暫時棲身，我也不好意思一直再打擾你們小倆口。」

大輔臉上微熱，他和小雅這些日子的距離拉近，確實讓高知彰的存在變得有點尷尬。他雖沒正式對老友表明，但高知彰眼睛沒瞎，應該早已心中雪亮。

老友有了工作、有了新的目標，邁向人生另一階段，大輔也為他高興。

天下無不散的宴席，大輔腦海裡忽然浮現這個句子。

但高知彰又接著說：「不過我會負起責任，在你完成和我的約定之前，我是不會放過你的。」

「約定……？」

「嗯，你忘了嗎？你說你想當作家，而我會是你第一個責任編輯。」

大輔恍然，他以為以老友的隨興程度，這種事肯定隨口說說就忘，沒想到他們兩個居然都記著。

高知彰伸出了手說：「一起做出最棒的書吧！大高老師。」

記憶中，還是學生的老友也曾向這樣伸出手，在某間圖書館前的石階上，對他說出似曾相識的話。

只是那時候，高知彰胖得生人勿近，連五根手指都圓嘟嘟的，握起手來頗有肉感，讓當時的大輔莫名覺得安心溫暖。

大輔回握老友那雙瘦得摸得到骨節的手，忍著逐漸模糊的眼眶，露出笑容。

「嗯，請多多指教，小高編輯。」

女孩哼著歌，看著眼前茂盛的花園。

前幾天野百合已經開花了，朝露點在純白的花瓣上，被曙光照射出光澤。旁邊的茉莉和野薑也含苞待放，隔壁的金針吐著花蕊，已經開了一半，角落的玉蘭花則蓄勢待發，已隱隱散出清淡花香。

女孩本是不知道這些花的名字的，她本來也沒這麼積極要種這些花，撒了種之後就放置PLAY，也沒特別澆水。

但某晚下了場小雨後，女孩發現有些花竟然萌芽了。鮮綠的嫩葉在風中微微搖曳著，在滿是惡臭垃圾的回收場，顯得既突兀又可憐。

女孩出於愧疚，順手替那些小花拔了周圍雜草，又把先前丟掉的那些花拿過來，當作堆肥。

有天晚上，回收場附近下了傾盆大雨，把那些還未能綻放的小花打得東搖西歪。

女孩沒辦法，只得撐了回收場撿來的破傘，擱在那些小花頭上，為他們遮風擋雨。

有幾週完全沒下雨，小花們看起來快死了。

女孩緊急從公園用保特瓶裝了水，澆灌在那些花頭上，才終於讓他們恢復點元氣。

女孩蹲在花園裡，怔怔盯著那些花苞，腦海裡忽然浮現男孩在花店與她道別時，那種既寂寞又滿足於什麼的神情。

——你不吃花的話，會怎麼樣嗎？

——就和你們人類不吃飯一樣。

最早開的是最靠近圍牆的白花，有天女孩睜開眼來，看見一片刺眼的白，驚得差點沒從被窩裡跳起來。

她去圖書館查了花卉圖鑑，才知道那叫七里香，又叫月橘，是在冬季成長的花。

花隨著季節陸續綻放，紅的、黃的、淺紫色的、淡橘色的，原先骯髒單調的回收場一角，成了女孩一個人的花園。

現在女孩每次回收回來，第一件事就是衝到後院，看看今天又開了哪些花。

她最初連一種花都不認得，現在是如數家珍。

她也不需要再撿月曆了，花園裡的花能告訴她現在是春夏還是秋冬。

說也奇怪，當初男孩給的種子只有寥寥幾顆，但女孩開始認真種花後，花園裡竟開始長出各種形形色色的花卉。

花越來越多，女孩心中的後悔和思念也益深。

她後悔當初男孩送她花時，從沒好好欣賞過他們。

她後悔自己丟棄那些花，說他們的壞話。

她後悔男孩說要離開找花時，沒有開口挽留他。

她想念她的男孩。

你去哪裡了呢，小雅……？

「啊——不行！完全不行！」

小雅把午餐韓式炸雞佐醃蘿蔔端上桌時，正好看見大輔把第六十九張稿紙揉成一團，往垃圾筒的方向丟。

高知彰這幾天都忙著搬家事宜，新的工作室兼住宿地點就在距離鹿鳴大約十分鐘摩托車程的地方。

小雅本於室友之誼，替他把這些日子累積的書籍、遊戲光碟和漫畫用紙箱裝好，運到新址去。

大輔送行時，小高還臨別贈言：「你的故事就照你的心意寫就好了。不需要想太多，想太多反而寫不出來。」

「咦？但不是說要先寫大綱嗎？」大輔問。

「大綱對某些作家可能合適，但也不是所有作家都適用，以你的個性，與其寫大綱，不如先試著把故事寫下去，感覺對了，再來規劃結構也不遲。」

「怎麼樣叫『感覺對了』？」大輔又問。

「這我沒辦法告訴你，我又不是小說家。」小高攤手：「但我曾經聽我帶的作家講過，在某一個瞬間，創作者的意識會忽然和故事內容接軌，會覺得故事和角色是真實存在的，為了角色的悲而哭、為了角色的喜而笑。」

他說：「你會覺得，角色似乎跟你站在同一個維度。他不再是紙上的創作，而是真實的、有血有肉的、活生生的人，就跟你我是一模一樣的。」

大輔聽得似懂非懂，但老友也沒多做解釋，就這樣瀟灑地走了。

年關將近，鹿鳴為了縮減店面改裝，也暫時進入休店期，從下週一到大年初三都不開業。

大輔有了空餘，這一個月便發憤圖強、潛心創作。

一開始還算順遂，寫到花店男孩遠走高飛、女孩思念他的場景，寫一寫還忽然覺得挺感人的，自己都溼了眼眶。

但再往下寫，女孩在花園裡種了男孩送她的花種，看著滿園的花懷念男孩的橋段，大輔又遇到八年前的狀況，怎麼樣都覺得有點卡卡的。

他為了抓高知彰說的「感覺」，還嘗試往昔手寫的方式。

他買了稿紙，窩在套房書桌一角，在空白的紙面上寫下字句，但一連寫了六七個版本，大輔都不滿意，最後都進了紙屑簍裡。

小雅替他把那些稿紙撈起來撫平折好，用鱷魚夾夾起來，把準備好的午餐擱到他手邊。

「大輔哥，休息一下吧？你早餐都還沒怎麼吃。」

天氣逐漸轉冷，大輔裹著兩層羽絨外套，頭上戴著毛帽，含糊地「嗯」了一聲。

他全心全意沉浸在故事裡，只無意識地拿了小雅替他泡的阿華田喝了一口，又拿起筆來添了兩句。

小雅忽然問：「大輔哥會回去和白華哥一起嗎？」

大輔一驚：「嗯，什、什麼？」

「上次那個記者……是白華哥的太太，對吧？」

小雅說：「大輔哥說過，你會和白華哥分手，是因為他隱瞞你已婚的事。但現在聽起來，一切都只是誤會，雖然不知道白華哥為何這麼做，但現在大輔哥已經沒有和他分手的理由了，不是嗎？」

小雅說的事，其實也是大輔這些日子以來最煩心的事情之一。

和白華分手、分居這幾個月，可以說是大輔至今為止的人生裡最難熬的一段日子。

他納悶白華為何不跟他說實話，明明他傳吉野家發票過去時，白華只要說句「那是我前妻，今天是我和女兒的會面日」，大輔最多也只會埋怨他幾句，因為白華從未說過自己娶過妻生過子的事。

但這人什麼也沒說，任由大輔誤會下去。

藉題和他分手，事後又糾纏不清，搞得他心煩意亂，差點沒去報警。

事到如今，即使知道真相，大輔也喚不回同居時的心情。

就像一度丟到垃圾箱裡的花朵，再怎麼拾回、洗淨，都回不到原本的鮮活亮麗了。

「……我不知道，我還在想。」

大輔逃避似的別過頭，決定轉移話題。

「對了，小雅，你最近是不是……食量變小了？」

高知彰替小雅找了一系列書籍，說是近兩年的暢銷譯本，用快遞寄來大輔家中，小雅也從善如流地吃了。

但除此之外，大輔沒見小雅吃什麼其他的書，卻也沒聽小雅喊過餓。

這讓大輔十分不安，還特地用電話跟高知彰討論這件事情。

「確實，我一直有在記錄小書精食用的書目，依我前一個月的紀錄，發現他可食用的範圍變窄了。」高知彰語重心長。

「變窄了？」

「嗯，先前的小書精，就像剛離乳的嬰兒那樣，處於試探食物的階段，吃什麼東西都好吃、什麼都能輕易滿足。」

「但嘗試過各種不同的食物後，反而變得挑食起來，是這樣嗎？」大輔反應也很快。

「說『挑食』可能不精確，人類的挑食，任性成分居多，像我以前就算吃菜也能飽，但我就不愛吃素的。」

高知彰分析著。

「但小雅的狀況比較像是營養素的問題，先前吃的書就像是離乳食品，小時候吃個蘋果泥寶寶粥就夠了，但隨著小雅漸漸長大，離乳食品不足以供應他所需要的營養，也讓他攝食意願降低，他渴望更有價值的食物。」

大輔恍然：「那小雅……」

「嗯，如果照這樣下去，也不必等把現有的書全部吃完了，能食用的範圍變小，小雅『餓死』的時刻也會提早到來。」高知彰嚴肅地說。

「……大輔哥不用擔心我。」

小雅的嗓音打斷了大輔的沉思，讓他驚醒過來。

「大輔哥只要專心創作就夠了，截稿日在年後吧？那只剩下兩個多月了。」

大輔一愣，《花吃》的進度確實不甚理想，整整半個月，大輔寫不到兩千字，進度嚴重落後，讓他煩惱到都快把頭髮拔光了。

「大輔哥年關不用回家嗎？」小雅又問：「很多書裡都有寫，台灣人在農曆新年時，會回故鄉和家人團聚，或許換個環境會激發大輔哥的靈感也說不定。」

大輔抿了下唇說：「我很少回家。」

「為什麼？」小雅問。

「我老家只有我媽，但我們處不來，也不是互相厭惡那種，就單純尷尬。」大輔說。

「大輔哥的父親……過世了嗎？」小雅又問。

大輔猶豫片刻，最終還是開口了。

「我父親，在我小學一年級時，被我媽發現擁有另一個家庭。」

大輔面無表情地說：「我媽是第三者，但我媽並不知情，對方元配也不知道我媽的存在，我爸一直以雙重身分在生活。」

小雅啞然：「所以是真的嗎？不是誤會？」

「嗯，我媽曾經帶著我和對方家庭見面談判過。」

大輔抱著臂說。

「我爸和他原來的太太感情不好，出差時認識我媽，就陷進去了，但一直沒敢跟她說真相，那個時代，結婚好像不一定要去戶政事務所登記。被發現後，我媽沒放棄，和他還維持了快五年的婚姻。那段時間真的很難熬，對我還有對我媽都是。明知道我爸是別人的爸爸，還是得跟他像家人一樣相處。」

「那後來怎麼願意放棄了……？」小雅問。

「不是我媽放棄的。」大輔嘆了口氣。「是我爸自己受不了，我小六那年，他有天忽然來找我，說要去附近便利商店買東西，在那之前他已經快一年沒跟我講話，就這樣一去不返。」

大輔微閉了下眼。

「我媽找了他所有可能會去的地方，包括老家、公司，但我爸辭了工作，也和我爺爺奶奶斷絕聯繫，手機也打不通，八成是鐵了心，跟另一邊的妻女遠走高飛了。我媽等了五年，我爸終究沒選擇她這邊。」

大輔想著，或許就是因為這樣，那時候在吉野家看見白華和他前妻，才會如此不假思索，連問都不敢問，就這麼選擇放棄一切。

他親眼看過自己母親為了挽回這段感情患得患失、疑神疑鬼這麼久，最終一無所獲，大輔實在不想重蹈她的覆轍。

「我不會忽然消失喔。」小雅說。

大輔怔了一下，發現小雅不知何時回過頭來，直視他的眼睛，表情十分認真。

「我會一直在這裡，除了大輔哥身邊以外，我哪裡都不會去。」

大輔耳根一陣熱，不單是心思被書精察覺，還有別的原因。

「這又是哪本書裡面的台詞？」大輔訕笑著問。

小雅沒有回答他，逕自回頭洗碗去了。

第十四節

小年夜悄悄到來，鹿鳴正值改裝期，工期延到年關之後，大輔也因而獲得人生久違的長假。

田心蓓也跟大輔告假返鄉，還跟大輔崩潰了一頓，她家裡農曆新年是大事，祖宗八代親戚五十都得齊聚一堂，且每逢飯局必問結婚交友狀況。

「都想叫店長來偽裝我未婚夫了。」田心蓓仰天長嘯。

「那《花吃》怎麼辦？截稿日是年關後一個月吧？」大輔問。

「只能半夜關廁所畫了，我高中時就是這樣，把畫具藏在廁所壁櫃裡，買了個折疊式的小桌，騙我媽說吃壞肚子，這樣就可以待個幾小時不被懷疑，我奶奶家主臥廁所還挺大挺舒適的。」

大輔為員工一掬同情之淚，同時也越發擔心自己。

年關無事，大輔便試著專心閉門寫稿，但成效始終有限。

他想把作品給什麼人看，尋求建議，多少增添一點信心。

但小雅無法閱讀，高知彰近期都在忙新工作室的事，大輔逐章把小說傳給他，大半月都沒有回應。

大輔又沒臉把創作給田心蓓這樣的高手看，怕對方笑在心底口難開。

他也不知道自己怎麼想的，某天晚上一時衝動，竟把稿件寄給了白華。

大輔沒說明信件來意，但他覺得白華應該明白，畢竟白華是這篇文章唯一的讀者……或者可以說是唯一的粉絲。

信件傳出去後，大輔坐立難安，而白華不愧是他的跟蹤狂，回覆速度也很快，當晚大輔就等到了回信。

他火速點開來一看，內容卻只有一句話。

大輔：

你說希望以創作者的身分面對我，我也尊重你。

既然如此，就準備好了再來。

白華

這回信讓大輔愣了一整晚，坐在電腦前看著那行字發呆。

白華雖然沒有挑明，但大輔好歹也是個前文青，看得出這位天才劇本家的意思。

他心中茫然，這才發現自己內心深處其實是有點期待白華給予他鼓勵的。畢竟八年前，就是白華那些毫無理由的推波助瀾，才讓大輔人生中短暫地嚐到身為創作者的甜頭。

他本來期待白華可以像八年前一樣，拉在泥淖中載沉載浮的他一把，卻沒想到白華反而打了他一靶，把他擊落萬丈深淵。

那天大輔開著電腦，趴在散落一桌的稿紙上，淚流不止。

他覺得自己實在太天真了。田心蓓不惜家庭革命、高知彰賭上全部身家，而白華是天才，但他們都不見得能一步登頂。

他何德何能，竟認為像他這樣一個平庸的書店老闆，能和那些人平起平坐。

他後悔和白華重逢、後悔答應白華的提議、後悔簽約。

從頭到尾，他都中了白華的計。

白華早知他的斤兩，刻意設了這個局，要來報復他，要他認清自己。

大輔把稿紙都扔了，把筆電收進櫃子深處。整整一週，大輔寫不了任何文字，就連閱讀都有困難。

他把自己關在淋浴間裡，瞪著冒熱水的蓮蓬頭發呆，直到小雅見他太久沒動靜，開門把他拖出來裹浴巾，大輔才發現他已經站了整整一小時。

他食不知味、夜不安寢。以往大輔總覺得創作就是種休閒娛樂，寫開心就好，雖然常聽一些藝術家為了創作自殘、自殺之類的故事，但大輔總覺得那是都市傳說，或是天才才有的專利。

這是他第一次驚覺，人要從一張白紙開始憑空生產出什麼來，哪怕只有一句話也好，是如此折磨人的事。

小雅看不下去，對他說：「大輔哥，我們一起到哪裡走走吧？」

大輔心底深處也明白，不能夠再這樣下去，但手腳就像被什麼鉗制住一般，怎麼也動彈不得。

他心力交瘁、作息不正常，加上今年年關寒流猛烈。

大輔在某天出門買提神飲料返家後，一病不起。

夏末的颱風降臨女孩的小花園。

花園裡的花像是感知到即將到來的危險般，在風中搖晃著、瑟縮著，逐漸轉劇的大雨打在花瓣上，將嬌弱的花瓣一片片打落在地。

女孩拆掉回收場撿來的廢傘手柄，把傘頂架在花頭上，試圖擋掉一些風雨，但效果有限。

花瓣四處翻飛，花莖被狂風催折，一朵朵被連根拔起。

女孩在狂風暴雨中淋得渾身溼透，依舊四處奔走，忙了一夜。

她眼睜睜看著她悉心呵護、拉拔長大的孩子們就這樣隨風捲上天際，再重重摔落、體無完膚。

長夜過去，好不容易風雨平息。

女孩累癱了，手上揣著搶救回來的一朵玉蘭，筋疲力盡地躺倒在地上。玉蘭沾滿了泥土，已經奄奄一息，但彷彿不想讓女孩擔心般，還強撐著一口氣。

女孩內心一片茫然。

花店裡的花看來總是如此光鮮亮麗，彷彿生下來就如此完美。

但女孩驚覺，自己竟從未思考過，那些花是經歷了多少次狂風暴雨、如何歷盡艱難，才能成長成他們所希望的模樣。

而那些萬中選一的花，卻被她當成垃圾一般丟棄，毫不留情地。

女孩坐在殘破的花園中心，對著初露的曙光，痛哭失聲。

大輔不記得自己有多久沒生這麼嚴重的病了。

他咳得厲害，又是鼻水又是寒顫，服了幾顆普拿疼、喝了伏冒都沒效，到了夜間就轉成高燒。

大輔癱軟在床上，一根手指都動彈不得。

小雅替他做了冰枕，又煮了虱目魚肚粥給他。年關診所都沒開門，小雅只能餵他吃藥局賣的退燒藥，坐在床邊守著他。

入夜後下起豪雨，大輔病得四肢發冷，又頭暈腦脹，體溫計顯示三十九度半，就連小雅那張剛剪了頭髮的帥臉看上去都是糊的。

「小雅，抱歉，我太沒用了……」

大輔燒得厲害，小雅的手顯得冰涼如水。

「我不該寫書的，我根本沒那種能力。當初看到你吃心蓓的書吃得那麼陶醉，還曾經在心裡偷偷想過，啊，要是小雅也能這麼開心地吃著我的書就好了。現在想起來，我真是太自以為是了，明明是從沒好好面對過創作的人，卻有這種自大的想法……」

小雅與他五指交扣道：「大輔哥，你該多休息。」

但大輔搖了搖頭。

「從來沒人看好我。我爸不要我，男友莫名其妙跟我分手，連老友託付給我的書店也沒能保住，三十五歲了還一事無成，就連寫個小說，也弄到病倒了還沒個成果，我什麼也辦不到、什麼都做不好……」

他喉嚨乾啞，卻停不下話匣。

「我好不甘心、很不甘心，但我的才能就只到這裡，已經看得到盡頭了，那種四面都是牆的感覺我自己知道。我不希望白華看不起我，不希望知彰對我失望，我也知道你在等我，你這麼照顧我，就是希望我能寫出好書來，好讓你飽餐一頓吧？但我越急，就越是一個字都寫不出來，我也不明白為什麼……

小雅，對不起，真的很對不起……」

大輔的聲音越來越嘶啞，到後來近似囈語。

他感覺小雅的氣息越來越近，鼻息吐在他臉頰上。在他有能力抵抗之前，小雅的唇已緩緩貼在他的唇上。

大輔一如往常被動回應著。他發覺小雅這回的吻竟似帶著些微怒意，儘管他不明白書精為何生氣。

「我不是白華哥，不是大輔哥的爸爸，我留在你身邊也不是為了吃你寫的書，或其他任何目的。」

小雅定定地說：「而是因為你就是你，高大輔。」

大輔怔怔地望著他。小雅的話，讓他恍惚想起幼時的往事。

大輔的父親是小報社的約聘攝影師，專幫報社拍一些風景照、人物照，有時也會拍攝一些新聞畫面。

報紙只要有把父親的照片刊登出來，父親都會特別剪下來，像集郵一樣，收在一個喜年來蛋捲的小鐵盒裡。

大輔很喜歡父親拍攝的那些剪報照片，常把蛋捲鐵盒拿出來，把裡面的照片一張張拿出來，放在腿上玩賞著。

父親離開他的那天，把那個小鐵盒留給了他，就在他摸了大輔的頭，說要去便利商店買菸的時候，但大輔始終想不起來他說了什麼。

大輔讓小雅從他衣櫃深處找出那個生鏽的小鐵盒。

鐵盒和記憶中有些差距，尺寸變小了，大輔想那多半是他長大了的緣故。

大輔把鐵盒打開，陳舊的剪報散落在大輔膝上，他一張張檢視著。

他發現父親不單剪照片，還剪了不少專欄文章，像是報上連載的小說，每回只有五六百字，大多數是古老的文藝愛情故事。男孩愛上鄰家的女孩、婦人等待戰爭歸來的丈夫、青梅竹馬的重逢等等。

大輔發現剪報裡有則啟事。從前沒有網路，當然也沒智慧型手機，許多人倚賴報紙投書傳遞訊息，致歉、徵婚、尋人、聲明都有，甚至還有告白的。

他詫異地拿起那份啟事，低聲讀著。

道歉啟事：

這則啟事，你怕是看不到了吧！

但我一定得找個地方說出來，否則這一生都無法心安。

我是個無法下決斷的人。

因此遇見你母親時，明知她就是我的鏡頭尋尋覓覓的那個人，卻無法痛下決心選擇她，和前妻離婚。

被前妻發現後，也無法下定決心和她坦白，最終傷害了所有人。

攝影這門藝術最需要的是耐心與決斷，得相信自己按下快門的瞬間就是最美好的瞬間。

難怪我總是不成材。

但這樣的我，也迎來了屬於我的花園。

上個月初，我的照片得了獎，有人找上我，希望我隨隊去國外拍攝戰地風景。

我的作品會被刊登在世界級雜誌上，這是我一生一次的機會。

我和你媽談，她大力反對，說你還小，我不該離開你。

但我知道，錯過這次機會，我的花園將再也無法繁花盛開。

我很抱歉，我人生最大的決斷，竟用在和你們分離上。

雖然遲了，但我在啟程之前終於與前妻離了婚。

大輔，我是個糟糕的父親，看著你開心地看著我拍攝的照片，我都向上天祈禱，望你不要步上我的後塵。

但我還是要告訴你，人生有些相遇，你無法抗拒。

儘管可能令你失去什麼，你還是得接受。

因為那就是屬於你的。那就是你。

願你平安長大。

北市　高先生投書　19××.5.3

小雅一直靠在他身後聽著，此時喃喃開口。

「這是……大輔爸爸的投書嗎？」

大輔沒有答話，只是顫著指尖，把那則剪報反覆讀了兩三遍。

小雅見大輔深吸了口氣，他用手遮著臉，但指縫間淌下的水氣還是落在剪報上，暈開了古老的油墨。

大輔忽然放下鐵盒，直視小雅那張清俊的臉。

「……我考慮好了，小雅。」他說。

書精一愣：「考慮好什麼……？」

「你說過，要我慎重考慮跟你做那種事的可能性。」

大輔盡可能平靜地說：「那句話，現在還算數嗎？」

小雅難得震驚到反白，他看了眼被冷汗浸溼半件襯衫的大輔，一時竟結巴。

「但大輔哥不是還在生病……」

「反正你也不會被我傳染，應該是吧？小高說從沒見過你感冒。」

「但是大輔哥之前才說，對我的喜歡，不是那種喜歡……」

「之前是之前、現在是現在，已經過了這麼久了，我們也約過會了，還一起跨年，住在一起都已經快一年了。」

大輔深吸口氣。

「我想清楚了，我不會跟白華復合，我和他之間就像我自已說的，在某個時間點就已經結束了，很多事情已經回不去了。」

他看著小雅說：「至於對你，我其實也不明白。我戀愛經驗少得可憐，也不懂什麼叫心動，但你吻我，我不排斥，你說想跟我更進一步，我也不覺得討厭……對我而言，這樣就已經夠了。」

「但是大輔哥……」

「……再『但是』下去，我就要改變心意了。」

大輔用兩臂遮著臉，他側過身去，掩飾胸口起伏。

「你知道我用了多大勇氣才講出那些話來？這輩子休想再讓我講第二次。」

小雅小腹一陣熱血上湧，但他仍壓抑著呼吸。

「我不想趁人之危。」他說：「大輔哥現在是因為寫作低潮再加上生病，書上說，人類的心靈很脆弱，特別在自我否定和生病的時候。大輔哥現在是在低潮點才會這麼說，萬一大輔哥之後清醒了、後悔了……」

「我會後悔，你就不要了嗎？」

大輔忽然打斷他。

「我說我會後悔，你現在就不想要我了嗎，小雅？」

小雅忽然不說話了。

他驀地壓倒大輔，把他整個人壓進床頭，再次用唇堵住大輔的唇。

但這回和前幾次都不同，也不知道書精哪學來的知識技巧，溼熱的舌頭竄進大輔口腔，在齒間徘徊片刻，像是找到目標般，勾住了書店店長的舌頭。

大輔發出一聲窒息般的呻吟，小雅不單勾他的舌還舔他，舔他的齒間、唇縫，再纏住舌面。過於真實的觸感讓大輔全身一陣陣雞皮疙瘩。

他雙目潮溼，不自覺伸手抱住小雅的後頸。

小雅整個人壓到他身上，一手托著大輔的腰，返身把他壓倒在床上，膝蓋頂上床墊。單人床墊吸收了兩人的重量，往下沉淪。小雅掀了大輔身上的被子，掌心鑽進大輔毛衣內側。

大輔剛出了一身汗，通體是冰涼的，而書精的體溫高得驚人，每一次撫觸都像在肌膚上點了火種一般，把大輔燒得腦袋發暈，幾乎要以為自己又燒到四十度。

「大輔。」小雅輕喚他名字：「……高大輔。」

過往五年，他和白華的房事極少，且往往沒有做到最後。

不是他不迷戀白華的肉體。白華作為一個靈魂上的宅男，明明沒怎麼健身，脫光衣服來卻像是海灘雜誌裡的男模，這點大輔一直覺得太不科學。

但或許白華只跟女性上床過，對待大輔也像對待女人一樣，除了接吻以外，就是單調地插入。但大輔膽小，也怕痛，總是到一半便喊停，白華一向紳士風範，大輔搖頭說不要，白華也不會勉強他。

下身的觸感把大輔從走神中喚醒。他一驚，才發現小雅的手不知何時已滑入他的褲襠，握住了他的小大輔。

他微微掙扎，但小雅柔聲：「別怕。」

那聲叫喚像咒語一樣，瞬間解了大輔的疑慮。

小雅低下頭來，親著他的鼻頭，吻他的唇瓣，平常搬書搬得滿是硬繭的掌心抓著他的要害，開始殷勤地上下挪動。

大輔像是溺水一般，張開唇喘息著。

他是頭一次給人這樣服侍，確認大輔不抗拒後，小雅不只用手，竟低頭解開大輔褲頭，用方才吻過大輔的唇瓣含住尖端，緩緩把整根書籤吞食進去。

大輔看著平常吃書的那張嘴吞進他的身體部位，又吐出。

他羞得睜不開眼，想別開視線，但小雅一面吞食，一邊用手壓著他的大腿，防他逃跑。

大輔被吸得渾身燥熱，小腹裡像有熔漿在燒灼。

他不得不出聲：「小、小雅、先停下……我、我快……」

小雅從善如流，他順勢扣住大輔五指，將店長壓倒在身下。

大輔已然全身綿軟，眼角全是興奮的暈紅，他的上衣被小雅褪到胸上，露出淨白結實的胸膛。

小雅低首吻他的乳尖，吻了右邊又吻左邊，這動作讓大輔又是滿臉通紅，特別是這樣面對面，讓大輔親眼看見，那個曾經一度震懾他的書籤就直挺挺地頂在書精胯間，和記憶中一樣精神抖擻。

但小雅卻忽然停下動作。

「怎、怎麼了？」大輔忙問。

「我在想要用什麼姿勢比較好。」小雅抱臂沉吟，像在蒐羅什麼腦內資料庫。「太多選項了，反而讓人難以抉擇。」

大輔覺得自己腦內的羞恥接收器快要爆破了。

「姿勢……什麼的、不重要吧……」

「不，很重要。」小雅嚴肅地說。

大輔只覺身體一輕，卻是小雅抱起他的背，將他整個人抱到自己大腿上來。

大輔的大腿順勢張開，跪夾在小雅身體兩側。兩人面對著面，距離近到大輔覺得恐慌的程度。

「什、什麼？要幹嘛？」

陌生的體位讓大輔啞了嗓音，更讓他恐慌的是，這相對位置讓他的普遍級書籤直接碰觸到那根限制級書籤，更顯大輔風中殘燭、可憐兮兮。

「這體位應該最適合大輔哥，依照書裡介紹，可以利用大輔哥的體重、進到深處，對腰不好的人而言比較友善。」

大輔感覺小雅微抬起他的腰，書籤在他最脆弱的部位上逡巡，討好似的磨蹭著。

這讓大輔又羞又懼，猶記以往白華幾次進入那裡，大輔都痛得快後悔自己的性取向。

而且根據他目測，書精那東西比起那位天才劇作家只大不小。大輔不想年關一過就進急診室。

他掙扎著想起身，卻被小雅按回腿上。

「沒事，大輔哥。」小雅用氣音說：「我說過了，不會讓大輔哥疼的。」

大輔老臉一紅，小雅又開始吻他，從唇瓣滑下大輔下頷，一路順勢吻上他的喉結，在那停留片刻，又吻上他的鎖骨、他的胸肌、胸前的蓓蕾，再吻過他的肚臍。

這莫名老司機的吻法讓大輔招架不住。他衣服全沒了，全身光裸得發冷，但小雅的吻又讓他再度熾熱起來。雖然多少還存著恐懼，腦子也暈糊糊的，但大輔發現自己心底竟有某一塊，前所未有地躁動了起來。

彷彿忽然拋去了一切枷鎖，忘卻所有束縛，從這個現世昇華，從腦袋到身體都輕飄飄的，像嗑了藥一般，他有生以來第一次有這樣的感覺。

大輔覺得自己就像本古老的典籍，被新製的書籤插入，塵封多年的頁面被一頁頁掀開、翻動、重新閱讀。

一頁一頁、一行一行、一個詞一個詞、一個字一個字，閱讀。

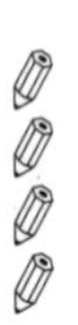

（動作：在床上，江正恭坐著，湯若壽坐在江正恭大腿上，兩人深情凝視。）

江正恭：你真的不後悔？

江正恭：一旦開始做了，我可能就停不下來了，我們再也回不到以往的關係了。

湯若壽（動作：喘息）：我說我會後悔，你就不做了嗎？

江正恭（動作：苦笑）：我只是……不確定你是否準備好了。

江正恭：你這麼多年來都待在顧查南身邊，他這樣對你，我怕你心底還有傷……

湯若壽（動作：嘟嘴）：小恭，你再囉嗦，我就真的要後悔了。

江正恭：吼——！

（動作：江正恭抱住湯若壽的背。）

（動作：江正恭的雞雞特寫。）

（動作：江正恭的雞雞插進湯若壽的後穴。）

湯若壽：啊……！

（動作：湯若壽泛淚，回抱江正恭的背，江正恭用兩手抓住湯若壽的腰，將他身體往下壓。）

湯若壽：啊啊……不、正恭、小恭，嗚嗚……

江正恭：忍耐一下，乖，若壽……

（動作：江正恭瘋狂挺腰。）

（背景口白：好想貫穿他，好想占有眼前這個人……）

（背景口白：從第一次見到你開始，就停不下來了。）

（背景口白：想擁有這雙唇、這對總是憂慮著什麼的眼睛、這個彷彿連呼吸都小心翼翼的鼻頭，還有這個始終擔心受怕的人兒。）

湯若壽：不，小恭，慢點、慢點，疼……嗚嗚，不行了，要壞了……

（動作：特寫江正恭的蛋蛋。）

（動作：江正恭的雞雞進到最深處再拔出，特寫抽插噴汁畫面。）

（背景口白：啊、好深……）

湯若壽：啊、嗚嗚，要壞了，快一點，小恭……好棒、好深……

（動作：湯若壽的大腿夾緊江正恭的背，特寫背部汗水。）

江正恭：喜歡嗎？

（動作：江正恭吻湯若壽的嘴唇。）

（背景口白：裡、裡面好熱！）

（背景口白：啊，好難受，但跟查南的不一樣。好……溫柔。）

（背景口白：要去了、要去了、要去了要去了要去了要去了……！）

湯若壽：啊啊啊啊啊啊——！

（動作：湯若壽仰頭射精。）

湯若壽：喜歡、最喜歡了。小恭、正恭，我喜歡你，最喜歡你……

（背景口白：喜歡……）

（背景口白：終於……從你口中聽到這句話了……）

（動作：江正恭內射，特寫精液射入湯若壽腸道。）

江正恭（動作：神情滿足）：若壽，我愛你，你真的，太棒了、太棒了……

第十五節

大輔趴在桌上，屏住氣息，按了電子郵件的傳送鍵。

他看著螢幕下方緩緩跑動的進度條，最後顯示「您的附加檔案已成功傳送給　白樺工作室」時，忍不住像虛脫一般坐回祕書椅上。

鹿鳴的裝修工程下週便會完成，重新開幕日預定在三月的第一個週末。

大輔辦了個開幕茶會，除了邀請與鹿鳴有關的合作廠商外，也邀請了高知彰新工作室的夥伴、羽毛筆的成員，他甚至還發了邀請函給白華。

在這之前，大輔全部心力都傾注在創作上。

他每天清晨六點起床，匆匆吃過小雅為他準備的早餐後，便帶著稿紙和筆電，到附近的連鎖咖啡館報到。

他收到了高知彰遲來的回信，老友充分發揮前王牌編輯的實力，給的建議相當具體且詳細。

一、生活背景太過夢幻，人物像在雲端，無法讓人有共鳴。建議為角色增添一點生活感。例如：女孩喜歡吃車輪餅、男孩喜歡呆坐在花店前看鳥之類的。

二、主角之外的配角太少，架構不出人際關係。女主角的母親既然有出場，就多著墨一點，寫點母女親情賺人眼淚也不錯。

三、還是建議你幫男女主角取名字，有助於代入情緒、增添真實感，雖然這種童話風也不是不行，看你啦！

四、描寫花園的部分寫得很好，有點感動，漸入佳境，加油！

P.S. 小書妖還好嗎？我對書妖誕生的假說還有一些想法，等過完年，鹿鳴重新開幕後再慢慢跟你說。

大輔反覆讀著老友的回信，禁不住露出笑容。

這是高知彰第一次給他正面評價。大輔反覆看著那行稱讚的文字，一瞬間似乎又回到當年看見白華留言的那種興奮感。

那種從脊椎竄升到腦門，彷如電擊一般的狂喜，只要經歷一次就很難忘卻。

說也奇妙，打從農曆年和小雅那一番「交流」後，大輔忽然像是被按了什麼開關似的。

雖然實際上並沒有進行到最後，主要是大輔實在太過膽怯，小雅一番摸摸抱抱、又吸又舔又愛撫的，已經讓大輔的羞恥值達到臨界點。

他體力又差，禁不得這樣驚嚇折磨。於是就在小雅選定體位，將要攻城掠地的那刻，大輔忽然眼前一白，就這樣……暈了過去。

再清醒時，他發現自己已穿回全身衣物，好好地躺平在床上。

他感覺小雅從後摟著他，兩人的身體緊貼在一起，書精的體溫透過那些令人難以啟齒的部分流淌進大輔體內，就這樣過了一整晚。

中間大輔隱約聽見小雅起身，悄悄去了廁所，忙活好一陣子才出來，讓大輔深感歉疚。可衝動既過，說要再補償小雅什麼，大輔也實在做不出來。

但僅僅是這樣的交流，就讓大輔有了脫胎換骨的轉變。

他自己也說不上來，但以往下筆時，大輔總會覺得自己和文章之間有層看不見、摸不著的薄膜。

雖然寫文章的是他，說故事的人也是他，是他高大輔。但他是他、故事是故事，兩者互不相干。

但現在，大輔覺得自己竟像能夠觸摸到文字裡的描述。

他看得見女孩的樣貌、男孩的樣貌，能聞到回收場的氣味、花園的芬芳，他甚至能看見男孩經營的花店在午後斜陽映射下的模樣。

那感覺實在不可思議，雖說不到文思泉湧的程度，但大輔在寫到某些橋段，比如女孩和男孩重逢的傾刻，女孩的思維、感情，還有埋藏在心底深處那星火一般的悸動，都忽然無比鮮明地湧現在大輔心頭。

寫到最後，男孩吃下「我」種下的花束，笑著消失在「我」面前時，大輔情難自己。

他也不顧是在連鎖咖啡店裡，而這間咖啡店還剛搶走鹿鳴一樓的店址，人來人往的。他摀住鼻翼，哭得狼狽無比。

他直到回到小套房裡，臉上都還掛著淚，呆坐在床上好一陣子。

「大輔哥，怎麼了嗎？為什麼哭成這樣？」小雅過來關心他。

大輔怔然答：「小雅，我覺得我好像……打開了。」

「打開了？」

大輔抹著眼角的淚，忽然覺得很有趣，便輕輕笑起來，但笑到半途，許多情緒又湧上心來，於是又是一串止不住的淚。

這模樣嚇傻了小雅，大輔也沒有解釋，只是逕自又哭又笑。

稿件在截稿日前兩天滑壘完稿，雖然總字數只有短短八萬字，剛巧過白華說的單行本最低限，大輔卻覺得自己像寫了一輩子。

他把稿件先寄給高知彰，開了語音，戰戰兢兢地等待評價。

高知彰許久都沒說話，大輔不禁心跳加速。

「怎麼樣？」他吞了口水，猶如第一次投稿的新人漫畫家。

高知彰忽然嘆了口氣，讓大輔的心一下子提到嗓子眼。

「怎麼了，真的很糟嗎？抱歉我修稿修得有點久，幫女孩取名字也想了一陣子，本來應該早一點給你的。不過還有兩天，我會盡力修……」

「大高。」

老友換了他們的專屬暱稱，忽然咧唇一笑。

「以後你如果大紅大紫，不准跳槽去別的出版社，一定要讓我做你的書啊！高老師。」

雖然毒舌責編這麼捧場，但大輔還是擔心。

特別是稿件寄出去，到現在已經第三天了，白華那邊仍沒有回音。

小雅這幾日都隨著他到鹿鳴，替腰不行的大輔搬沙運土，把倉庫裡的舊書重新上架，兼之打掃環境。

看著書精忙進忙出的背影，大輔忽覺安心。

或許，小雅和他其實是一樣的。

除卻吃書維生這一點，小雅會跑、會跳、會說話、會思考，有體溫，接吻的時候嘴唇很軟，床上所有表現都不輸給人類。

雖然糧食問題還沒解決，但天下書這麼多，總找得到小雅青睞的書。和小雅永遠在一起，或許並非不可能的事情。

白素貞和許仙都能談戀愛了，何況他和小雅之間還沒有法海。

大輔還沉浸在思緒裡，就聽見手機傳來電子郵件提示音。他拿起來一瞧，才發現是白樺工作室回信了。

大輔戰戰兢兢地點開，裡頭卻只有短短一句話。

大輔：

我想見你，現在馬上。

白華

✎✎✎✎

大輔看著眼前霧氣蒸騰的熱美式。

這段日子以來，大輔都像這樣，點一杯熱美式，攤開稿紙和筆電，從咖啡冒著熱蒸氣寫到完全冷掉為止。

白華坐在對面，他西裝筆挺，穿著皮鞋翹著腳，襯上那副萬年如一的太陽眼鏡，還真有幾分總裁派頭。

大輔想起田心蓓那些謎之本本，臉頰溫度有點高。

白華手上拿著厚厚一疊Ａ４紙，上頭密密麻麻全是鉛字。大輔不用多看，便知道那是他剛出爐的作品。

大輔偷瞄了一眼，Ａ４紙上布滿各種紅紅綠綠的劃記，料想是白華順手做的筆記。

白華稿件寄出去三天，白華全無消息，大輔還以為是沒空看，卻沒想到創意總監如此認真。

「你瘦了。」

白華開口便說，大輔實在不知道如何回應。

打從知道白華「已婚」的真相後，大輔就始終處在混亂中。

先前忙於趕稿，大輔只能把自己那團混沌暫時收起來，放在潘朵拉的盒子中。

他實在懼於去打開，深怕打開了，他好不容易關好、藏好的負面情緒又會一股腦兒地溢出來。

而這回，大輔實在不確定自己是否還留得住希望。

「……不過，創作就是這麼回事。」

白華又說：「創作是屬於神靈的事物，是神靈憑藉人的肉身，在現世呈現出他們所思所想的活動。所以有時作為憑依的人類，肉體會無法負荷那些指示，進而崩毀，這也是創作者的職業傷害。」

白華的話讓大輔想起高知彰，想到差一點奪去老友性命的癌症，一時說不出話來。

他偷看了眼白華。簽約之後，兩人又闊別近半年。

從二十多歲相識以來，大輔總覺得白華永遠不會老，永遠都有童心。某些方面來講，和高知彰頗有相似之處。

但如今大輔偷覷白華眉間，竟看到些許皺紋，鬢邊早生華髮。

「……為什麼要騙我？」大輔猶豫再三，還是開口了。

白華沒有回話，大輔揑了下拳頭，又說：「你和你妻子……那位張記者，早就離婚了不是嗎？為什麼不告訴我實情？」

白華沒有太大訝色。

「你知道了。」他說了和吉野家那時一樣的話。

大輔胸口怒氣湧現道：「所以你只是想整我？看我悲傷絕望、為你患得患失，你覺得很好玩是嗎，白華？」

白華嘆口氣：「你會生氣了，真好。」

大輔鬱悶得說不出話來，一口氣憋在胸口，比當初看見白華和妻女相處還更難受。

白華似乎明白他的心情，放緩了聲音。

「我一直……希望你能繼續寫作。」白華說：「為此我用了各種方法，但你似乎沒有察覺。我帶著你出席各種創作者聚會、帶著你看各種創作，甚至送我的書給你，想說從旁看到我的熱情能夠激勵你。但如果我猜得沒錯，這對你只有反效果。是嗎，大輔？」

大輔無法否認，他會停止創作、會放棄寫作的夢想，某程度確實和白華有關。

母親在父親忽然拋下他們離開那陣子，常看著大輔的臉說：「大輔，你跟你爸一個樣，自尊心強得令人頭疼。」

從前大輔聽不懂母親的意思，直到現在這年紀，坐在與他糾纏半生的男人面前，他才逐漸領略到，他會放棄創作，其實是源於他的自尊心。

他不想輸給任何人，也因此預知自己不如人，大輔就索性不去做。

沒有嘗試，就沒有失敗。

如果不是白華這樣趕鴨子上架，讓他本著要給總裁好看的心思，大輔或許一輩子都無法重新面對稿紙，可能也一生無法再面對白華。

「當初在網路上看到你的小說時，我很驚豔，不是客套，是真心這麼說，否則也不會花時間留言鼓勵你創作。」

白華又繼續說。

「但我覺得很可惜，你有天分，但就是多了那麼一層膜，差一步就能走進那個領域。我想過，你或許不曾對誰動過心，也不曾為了喜歡上什麼人而狂喜，不曾為別人傷心欲絕，你的感情世界就像張白紙，完整但空洞，所以你的故事雖然有趣，但在打動人心這方面，卻缺少最後一點調味。」

大輔有種強烈被冒犯的不悅感。

「你就傷心欲絕過嗎？」他衝口而出。

白華沒有答話，只是露出一抹大輔難以解讀的笑容。

「最初會想和你碰面……也是想試試看，能不能打開你心底那道門，否則我從不見網友的，你是第一個。」

白華苦笑：「但試著試著就喜歡上你了，這點倒是我始料未及。」

大輔忽然有種想哭的感覺，但他忍住了。

白華又繼續說：「看到你傳發票給我時，我就知道你誤會了。我本來想跟你解釋，簡訊打了一大串，但最後終究沒有送出去。」

「為什麼？」大輔忍不住問。

「因為我想試試看，想知道你能對我生氣、為我難過到什麼地步。」

白華頓了下。

「……可能也有一點不甘心？我和你在一起七年，人生中相處最久的人就是你，我和凱潔也只結婚短短一年多，生了 Maggie 就分開了。但和我相處最久的人，卻是最不相信我的人。」

「……誰教你瞞著我，至少該告訴我你有個女兒。」

大輔難掩心底一絲歉疚，但他不願讓白華看出來。

「而且一般人會這麼做嗎？為了看人怎麼反應，就放著交往七年的男友誤會下去，不解釋也不挽回？

要是我對你心冷，再也無法愛你了怎麼辦？萬一我跟別人在一起呢？你都不在乎嗎？又或者我就這麼灰心喪志下去，最後自我毀滅……這些你都不關心嗎？為了打開你說的那個門，我的感受、我們兩個的未來……這些都不重要了嗎，白華？」

大輔哽咽著。他總算明白，為何從女記者口中知道真相後，心頭會如此萬般糾結了。

對他而言，白華是他人生唯一的對象。和白華在一起的這七年，是大輔無可取代的情感經驗，幾乎是他的一切。

然而他如此珍而重之的情感，卻被白華當作實驗道具。就像遊戲解任務一樣，白華設了選項、設了關卡和獎勵，等著他去過五關斬六將。

他只是個媒介。就像白華自己說的，創作是神賜之物，而為了看到作品後續，高大輔這個人一點也不重要，是隨時可以犧牲的載體。

「我不知道，我剛開始本沒有要瞞你這麼久。我以為你……氣過了，就會來找我，到時候就能跟你講清楚。」

白華顯得有點慌亂。

「跟你分開這一年，我每天每夜都在想，想著要跟你說清楚，但每次簡訊打了、電話播通了，就是說不出口，到最後都變成那些風花雪月。」

大輔看著白華擱在那疊Ａ４紙上的手，忽然微微顫抖。

「但我只能賭一賭，如果不賭，我可能再也看不到你完結了……在有限的時間內。」

大輔凝眉道：「有限的時間……？」

白華沉默良久，大輔覺得他似乎在猶豫什麼，他還是第一次看見一向果斷的白華如此遲疑。

白華抬起手來，默然摘掉臉上那副墨鏡。

大輔倒抽了口冷氣。

他印象中的白華，是個會用眼睛說話的人，總是會在大輔出聲叫他「白華」時，把視線從書頁抬起。即使大輔只是問他要不要叫外賣，白華還是會像聽重要簡報一般注視著他，聽他把話說完。

那雙深不見底卻又包容一切的眼睛，是大輔最喜歡白華的地方之一。

然而此刻，那雙眼睛卻完全變了樣。左眼只剩眼白，找不到令大輔沉醉的黑色瞳仁。而右眼雖然尚稱完整，但明顯上了層薄霧，像寶石蒙了塵灰，看上去令人心悸。

右眼眼周明顯有傷痕，像是手術的痕跡，還是新傷。

大輔整個人茫然了：「怎麼回事……？」

「已經兩年多了。」白華嘆口氣。「水晶體病變，醫生說即使開刀也只能恢復兩成視力。我現在左眼幾近失明，只靠右眼看東西，丟個垃圾都丟不準。早知道以前就應該聽你的話，不要躺床上看書了。」

大輔抖著嗓音：「但我完全沒發現……」

「我不想讓你察覺，之前和你住在一起時，看眼科也是偷偷背著你。」

白華說著：「和你分開之後，我去動了第一次刀，勉強保住右眼，但醫生叫我不能再用眼過度，說長期使用單邊視力遲早也會瞎，但我實在沒辦法。」

「那寫作……怎麼辦？」大輔問。

「我請澄哥買了點讀軟體，我現在的電腦有語音功能，打字時會同步發聲，能多少減少些視力的負擔。但創作是個複雜的過程，終究還是得用上眼睛，我已經盡量定時休息了，現在也只能走一步算一步。」白華嘆息。

大輔憂懼交集，橫亙在眼前的訊息量太過龐大，讓他一時無法消化，只能怔然看著白華空洞的眼眸。

「你幹嘛都不說……？」

面對這個曾與他親密無間的人，大輔禁不住回到當年的語氣。

「你到底有什麼毛病？我是外人嗎？這麼大的事情你就只想著瞞我？這種事情不就該兩個人一起面對嗎？如果你當時好好跟我說，我說不定……我不知道，也有可能還是寫不出來，但至少不會搞到現在這樣。」

大輔越說越無力，撲天蓋地的茫然感掩蓋了他。

他死命咬住下唇，但還是沒有用，淚水模糊了他的眼眶、他的面頰、他的整個人。

「你老是這樣，自顧自地計劃一堆事情，把我晾在一邊，留我一個人擔心受怕。白華，我真的搞不懂你……真的搞不懂你們啊……」他嗚噎著。

白華一直靜靜望著他，直到大輔稍微平靜一些才開口。

「因為我說不出口啊。明明是以讀者的身分接近你，還大言不慚地說會永遠當你的頭號讀者。但等你把作品寫出來，我卻很可能再也無法用我的眼睛閱讀。」

大輔止不住抽噎，半晌只覺得手背一暖，卻是白華拉著他的手，覆在他的小說原稿上。

「但我很高興我賭對了。謝謝你，讓小粉絲閱讀到最後。這是最棒的作品……高大輔老師。」

✎✎✎✎

女孩推著載滿鮮花的推車，走在灑著溫煦陽光的街道上。

「有人要買花嗎？各種花色都有喔。」女孩向路人兜售著。

颱風過後，女孩花了很長時間收拾她的花園。

她撿拾那些殘破的花瓣，收集斷裂的花莖，把花葉掃在一起，把殘存的花朵保存在水瓶裡，再一一將他們種回泥土裡。

剛開始很不順利，許多花被大水傷了根莖，沒法重展笑顏，或被烈陽曬死、被蟲蛀壞。

但女孩並不灰心，她將枯死的花當作堆肥，化進春泥。

漸漸地，那些花重新恢復生氣，而且長得比之前更枝繁葉茂。

從前陰暗髒亂的回收場因為女孩種了花，變得生意盎然，琳瑯滿目的花卉吸引了蜂蝶，也吸引了過往的路人，許多人會在花園外停下來，佇足欣賞這一片奼紫嫣紅。

但花壽命有限，過了花季就會枯萎。女孩原先任他們凋零，但後來覺得可惜，便整修了花園裡的拖車，在街上賣起花來。

賣花也不是一帆風順。人們會到花園免費賞花，但不見得願意掏錢買花。

女孩依季節整理花朵，夏季就襯上向日葵；秋季添上芒草；春天是滿束的櫻草花；冬天則加上薊草。

她回想著男孩送她的那些花束，男孩總是依循季節、配合她的心情。

雖然送的是花，但女孩此刻才領略到，那些花束中全是男孩對她的心意。

女孩的拖車開始有了生意，有些路人會因為絢麗的花色駐足，也開始有人願意掏出錢包，買下第一朵花。

城市裡開始有了色彩，人們抱著滿懷心意的花束在街道上行走，或裝飾在門口、牆上、桌上、露台上。

花香充斥著街道，春風撫過時，無數七彩花瓣飛過巷衢，美不勝收。

女孩修剪著花葉，看向已然閉門多時的花店。

她想起男孩在花店門口遞給她種子的模樣，想起男孩食用花朵時，臉上滿溢幸福的神情。

她對著花園的方向呢喃：「我已經為你造了花園。」

快點回來吧，小雅。

第十六節

「花吃」的行銷活動如火如荼展開。

有了「戀與總編輯」前作加持，「花吃」甫一推出，就受到死忠玩家們的廣大注目。各大SNS都被撲天蓋地地投餵廣告，書店和商店街頭貼滿了海報，公司還大手筆買了公車和車站的看板，大輔坐捷運時，甚至聽到有兩個女生在討論封測的事情。

大輔還看到白華接受 YouTuber 採訪，暢聊本土遊戲創作的心路歷程。

大輔在新開張的鹿鳴書庫內用筆電觀看。看著即使是在室內採訪，卻依然戴著墨鏡的白華，心中五味雜陳。

紙本書籍也和遊戲宣傳同步進行，田心蓓晚大輔一週，也在期限內順利完稿，雙方相約在羽毛筆工作室碰頭，開第一次出版會議。

「漫畫和小說的走向感覺很不一樣呢。」

大輔閱讀了小仙女的成品，與小說的視角不同，漫畫以花店男孩的視角闡述各種花精與男孩之間的故事，以白華的人設原案為基底，畫活了各種形形色色、性格迥異的花精。

雖然只有第一集，出場花精也有限，但大輔看得津津有味，同時也擔心起自己的作品。

高知彰卻很樂觀：「這倒沒什麼問題，小說和漫畫的客群本來就不同，這年頭還會看小說的人多數都口味清奇。大高這故事雖然文藝了點，但很感性，和田老師是完全不同風格，不會被拿來比較的。」

小說的校正、封面設計、內頁排版和插圖等，都交由羽毛筆工作室主責，大輔還是第一次參與實體書籍的製程，只覺處處都新鮮。

「我想在封面畫花店的側面。店長想像中的花店是比較接近現代溫室那種，還是有點超現實巴洛克風的？看文字描述比較像是後者。」

負責封面繪圖的惡魔貓女與大輔面談，她拿了五六種不同的打底草圖，在長桌上一字排開。

「但是店長後面又寫『小雅站在落地玻璃前，大片落地窗映射出男孩倒影』，感覺比較像溫室，所以想跟店長確認一下。」

像這樣逐字逐句地被檢視、被討論，糾正字裡行間的錯誤，讓臉皮薄的大輔十分羞赧，好像脫光衣服在旁人面前裸奔一樣。

為了全力專注在出版事宜，大輔這幾日幾乎沒進鹿鳴幾次，都是拜託小雅幫忙顧店。

他還和白華碰了面。從上次在咖啡館剖明心跡後，白華又約了他幾次，都是以討論出版行銷事宜為由，大輔也沒有拒絕。

知道白華所作所為的緣由後，大輔雖然仍覺得前男友行徑異於常人，但那些對他的恨、懼怕，忽然都轉為了某種同情。

雖然大輔知道白華不值得他同情，他擅自決定了一切，又把他蒙在鼓裡，害得他受折磨，這些都是白華該受的，但大輔覺得他已狠不下心斷捨離。

他本擔心白華會跟他提復合，恢復以往的關係。

但兩人每次見面，真的就只聊「花吃」的事情，相處起來也像朋友一樣。

且工作Mode的白華魔鬼得令人陌生。這讓大輔鬆了口氣之餘，也有種說不出的失落感，他也不懂為什麼。

「筆名就用你的本名，沒有問題嗎？」白華向他確認。

大輔惶恐地點頭。雖然他也想過用年少時期的筆名「大斧」，但他擔心有人看到筆名後，會去翻他以前的黑歷史來看，這可比本名出道還要讓人難為情。

「我打算安排個宣傳活動，舉辦首販簽書會，地點還在商討，但很可能還在鹿鳴。」

「咦？鹿鳴嗎？」大輔一驚。「但我們店址只剩下地下一樓，會不會影響曝光度？」

「當然不可能只辦你的簽書會。」

白華笑了下。

「遊戲的宣傳會同步進行。我們會請代言人來，也會在官網上公告，當日到場的玩家能領到限定祕寶，目前的規畫是送小說中提到的『花種子』，玩家使用該道具，就能抽到一隻指定的ＳＳＲ花精。」

看白華興致勃勃的樣子，大輔一方面害羞小說中的內容竟這樣堂而皇之被拿出來宣傳，一方面也有種說不出的異樣感。

雖是行銷所需，但感覺來簽書會的人是為了白華的遊戲而來，不是想閱讀他的故事。

「你是新人，沒人知道你的名字。」

白華深知大輔的想法。

「單純辦你的簽書會效果不彰，有些人雖是為了抽祕寶而來，但也有機會因此得知你的名字，出於好奇讀你的小說，一試成主顧。」

大輔點了點頭，雖然明白道理，但他還是覺得不安。

他抬頭看了眼白華，隔著一層墨鏡，大輔還是感受得到他的視線自始至終釘在他身上，一如以往。

大輔忙收拾外套站起。

「我要回去了……小雅他還在等我回去晚餐。」

大輔回到套房時，已是九點鐘過後。

大輔心存愧疚，回來路上還在上回和小雅約會的那家咖啡館買了起士蛋糕，雖然知道小雅沒辦法吃，但總是一份心意。

他知道自己和白華的事被小雅統統看在眼裡。

他與小雅的關係已經不單是書店老闆和員工，這大輔很清楚。畢竟那種事都做了，雖然沒有承諾，但現在不是一句「當作沒發生過」就能帶過的，他也沒這麼不負責任。

先前小雅詢問過他是否會和白華復合，大輔給了否定的答案。

雖然現在他的心思還是一樣，但大輔發現，他竟沒辦法像一個月前那樣，毅然決然地投向書精的懷抱。

他走進長廊，發現自家門口蹲著一個人影。

他穿著大輔熟悉的綠色圍裙，半身伏在門上，劇烈地喘息著。

「小雅！」大輔一驚，趨前扶起書精。「怎麼了？哪裡受傷了嗎？」

小雅臉色蒼白，大輔抓著他手腕，才驚覺青年竟不知何時變得如此細瘦。

他托住小雅，發現書精連體重都變輕了。上個月和小雅溫存時，還摸得到小雅結實的胸肌，大輔還感嘆過手感很好，現在卻只摸得到肋骨。

「我沒事……只是……有點暈眩……」

小雅呢喃著。

「我本來想去鹿鳴搬點庫存回來，試試有沒有能吃的書，但搬到一半忽然沒了力氣。抱歉，大輔哥，給你添麻煩了……」

大輔見書精身下散落著一堆中文書籍，他想小雅肯定是餓慘了，才會像這樣半夜跑回鹿鳴搬書。

這些日子來，大輔沉迷於自己的處女作出版，明知道書精狀況不對勁，但因為小雅總笑著跟他說沒事，大輔竟也催眠自己，相信了書精的溫柔。

再加上白華。大輔發現，自己之所以會對小雅的狀況後知後覺，是因為他沒把書精的事放在第一順位。

儘管他始終是小雅的第一順位。

大輔咬住牙，把小雅扛進房間，讓他平躺在沙發上。

先前高知彰與他商議印務時又交給他幾本書，說是特地為了小雅從二手書店拍來的優質冷門書。

他把那些書湊近小雅唇邊，但小雅並不像過往一樣，拿起書就猛啃。

小雅艱難地張開口，咬了兩下，便又停下動作。

「怎麼了？」大輔焦急地問他。

小雅搖搖頭說：「我不知道，忽然……沒辦法吃下去。」

大輔想了下，從公事包裡拿了剛從羽毛筆工作室帶回來的校正書稿。

「小雅，你吃吃看這個。」他把書稿湊進小雅唇邊。

但這回並沒有像在白樺時一樣發生融合的現象，書稿觸碰到小雅唇邊傾刻，小雅的身軀忽然劇烈地顫抖了下。

大輔看見像火花一般的東西從書精唇齒間炸開，同時一陣強勁的力道朝大輔胸口襲來。

大輔猝不及防，往後傾倒，好在他即時抓住桌腳，這才沒飛出去。

卻見原先還躺平在沙發上的小雅此刻竟忽然坐起。小雅圓睜著眼，眼神卻是空洞的。

「不行……」大輔聽見小雅呢喃。「這樣還不行、還不夠……」

書精嘟囔著，半晌就像用盡電池的娃娃一樣，咚一聲倒回沙發上。

「小雅！」

大輔手腳冰冷，他忙伸手探小雅鼻息，好在還有呼吸。

他茫然無措，即將失去什麼的恐懼感攫奪了大輔的心。

他決定不能再這樣坐以待斃，即使擔心引起騷動，大輔還是決定尋求醫療協助。

這些日子驗證下來，小雅除了以書為食糧外，其他方面和人類沒什麼兩樣，這點大輔用自己的身體親自確認過了。

送入急診室時，小雅已然半失去意識。他唇色蒼白，髮絲被冷汗黏得貼緊脖頸，大輔幾次喚他的名字，小雅都沒有半點反應。

醫師替小雅做了詳盡的檢查，大輔擔心醫生會說出什麼「他是外星人嗎？」、「這人是怪物吧？」之類的話，還在尋思要用什麼說詞解釋。

但醫生說：「他都沒吃飯嗎？怎麼會營養不良到這個地步？」

大輔一怔：「營養不良？」

「是啊！他沒什麼大毛病，就是太餓而已，多半是偏食，不然就是不當減肥吧？我先給他打個點滴，你回去記得叮嚀他好好吃飯，都這麼瘦了，沒必要再減肥了。」

小雅在打點滴期間，高知彰也聞訊過來了。

老友的模樣倒是體面許多，穿著正經的條紋襯衫，頭髮也梳理過了，大輔難得見他臉上沒鬍碴的模樣，雖然依然瘦得像隻猴子，但已是人模人樣。

「小高，這究竟是怎麼回事？」大輔問他：「我餵他你寄給我的書，他都不吃，就算是進食範圍縮小，這也太超過了，根本是絕食了。」

高知彰和大輔並肩坐在急診病床旁的長椅上，望著床上吊著點滴，臉色蒼白的小雅。

老友沒正面回答他的問題。

「大高，你有想過小雅的來源嗎？」他忽問。

大輔承認他有想過，但不外乎是外星生物、異世界生物或是生靈之類的。他雖然不像小仙女、高知彰那樣博覽群書，常被他們嘲笑是麻瓜，但一點基礎想像力還是有的。

在看過白樺工作室那幅LED壁畫後，大輔也有了某種隱晦的想法。

但他太害怕去想那些事，害怕知道真相。

他只想單純沉浸在有小雅在身邊的日子，能一刻是一刻。

「還記得嗎？當初我會找到他，是因為我發現他要潛入鹿鳴。」

但高知彰顯然不知他心情，繼續說著。

「仔細想起來，我是因為事後知道他是書精，先入為主，才會認為他是要潛入鹿鳴偷書。但實際上，小雅他說不定就是從鹿鳴誕生的。」

「誕生……？」大輔喃喃問：「什麼意思？」

小高沉默了一下。

「你應該也發現了吧？大輔，你給我看的那篇《花吃》原稿，和小雅的狀況有太多地方不謀而合。」

大輔雙腿發軟，腦袋也暈糊糊的。

「你是要說小雅是我幻想出來的生靈嗎？像《源氏物語》裡的生靈一樣？」大輔顫抖地問。

「生靈是活人化成的靈體，如果小雅是你幻想出來的，那就不是生靈了，你《源氏物語》該重讀了，大高。」

高知彰不忘吐槽。

「但我也不覺得小雅是你的妄想……可能外貌個性全是你的菜沒錯，就像我夢裡的女人都是貓耳娘那樣，可我和你家那個超級店員都看得到他，能和他說話，且田老師沒看過你的小說，不可能與你有相同妄想。」

大輔茫然了：「那小雅……究竟是什麼？」

高知彰看了他一眼，拿筆在書頁上敲著。

「你聽說過『繆思』嗎？」他忽問。

大輔點了下頭說：「希臘女神吧？被很多創作者奉為靈感之神。」

「嗯，但原版的繆思並不只一個人，傳聞她們一共有九種樣貌，來源也眾說紛云，其中一種說法，就是從酒神戴奧尼索斯來的。」

高知彰說，戴奧尼索斯擅長雕塑，尤其喜歡雕刻美女。

有次酒神雕了個絕世正妹，他非常喜歡那尊美女雕塑，為她取名為「波莉西尼亞」，意思是擁有一切的女人。

他不眠不休地雕刻，到了茶不思飯不想的地步。到了最後，酒神甚至覺得那雕塑裡的正妹是真的，是上天賜給他的聖物，要來當他老婆的。

酒神因此起了妄念，認為他要是把雕塑完成，作品完全成形，就會脫離他的掌握，從此成為與他不同的個體，他就再也無法完全擁有他的女神。因此他刻意不雕正妹的手，就這樣保持著半成品的模樣，與雕塑度過天荒地老。

但那雕塑在神手的刀斧下，即使是半成品，還是漸漸有了靈性，有了神識和智慧。她不甘永遠只是半成品的模樣，於是趁著戴奧尼索斯不注意幻化人形，脫離雕塑的形態，永遠離開創作她的生身之父。

酒神哀痛逾恆，以酒澆愁，自此再也不創作了。

「但波莉西尼亞對自己是個坑這件事很在意。」高知彰說：「她於是到處去鼓勵創作人，希望他們把故事寫完，不要再出現像自己一樣的犧牲品，這就是靈感女神的由來。」

「等等，你是說小雅是……我的靈感女神？」大輔打斷老友。

「唔，與其說女神，不如說是坑……是『創作』本身吧？不是有部小說裡說過『靈魂就是故事』嗎？就這點而言，二次元的人類和三次元的人類也沒什麼不同。」

大輔苦笑：「不，還是有點不一樣吧？真人有生理需求啊。」

「吃喝拉撒睡維繫的是人的軀殼，但一個人真正『存在』，比如高大輔這個人，之所以被世人認為是存在的，是許多 Episode 堆疊起來的。」

高知彰認真地說著。

「你和你爸媽幼時的記憶、和我的高中回憶、你在鹿鳴書店工作的點滴、你的戀愛經驗、你愛過的人、恨過的人、你喜歡的書籍、討厭吃的東西……這些才是構成高大輔這個人的本體，才是你真正的生命。」

「小雅跟你一樣，他的生命也是由故事構成。只是構築他的『故事』，剛好是這個世界三次元人類的創作罷了。」高知彰又說。

「故事……構成生命？」大輔喃喃說：「可能嗎……？」

「不過你說小雅是靈感之神也沒說錯。或許正因為他是半成品，是半吊子的故事，他才更渴望能攝取新的創作，好補全自己的缺憾。」

他拿出隨身攜帶的那本小筆記，那上頭還留著當初大輔和他討論小雅時的筆記，最末行還寫著「三、不能吃重覆的書籍」。

「他隨時渴望著新作品，不單是新作品還有好作品。越是新作，越是優秀的作品，就越能滿足他的胃。但隨著享用的人類靈感越來越多、品質越來越高，他也開始厭倦，希望能吃到更好更稀有的作品。這是為什麼小雅越來越挑食的原因，我猜那無關他的意識，是他的體質使然。」

「那要怎麼辦？」大輔忍不住問：「要怎麼做才能救小雅？」

高知彰撫著下巴說：「我有個想法，但尚未驗證，只是假說。你上回不是說，小雅在辦公室裡昏迷，你拿自己的書稿給他吃，他沒像平常一樣進食，反而把書稿融進身體裡嗎？」

大輔點頭，高知彰便繼續說：

「這讓我有個大膽的猜測，或許大高你的書跟其他人的書，對小雅來說意義全然不同。既然他的生命是緣自你的『故事』，那麼其他人的書對小雅而言只是糧食，會隨著他的成長逐漸降低價值，但你的書不會。」

大輔怔然聽著高知彰的話，但他又想起來。

「但我剛才把我的書稿拿給小雅，他沒有像之前一樣把書吸收進去，為什麼會這樣？」

他把方才的經過描述了一遍，高知彰又撫著下頷。

「有可能是因為資格不符。」

大輔一呆，一時不明白高知彰話中之意。

「小雅說了『還不夠』，不是嗎？」高知彰解釋：「那就表示『半成品』的狀態是不夠的，小雅的食物必得是書，這之前已經驗證過了，即使是生身之父的創作，也要是書的型態，他才能夠真正吸收。」

「也就是說……」大輔喃喃道：「我得把我的著作出成書才能夠救小雅？是這樣嗎？」

高知彰吐了口長氣道：「目前我們能做的也只有這樣了。」

他看著病床上一動也不動的小雅。

「等羽毛筆那邊完成設計後，我會請印刷廠加快腳步，看能不能早點讓你的書問世，讓小書精早日康復吧！」

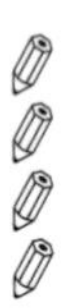

惡魔貓女完成了《花吃》的書封。

背景是大輔小說中描繪的溫室，溫室構圖十分特殊，磚瓦玻璃全由一朵朵鮮花織成，惡魔貓女用色彩鮮豔而細膩的筆觸織出了花店輪廓。

而在溫室的中央，是萬朵鮮花拼接而成的少年。

他抱著雙膝，像顆蛋一樣蜷縮在溫室中央，雙目緊閉、唇角微揚，彷彿正沉浸在某種美好的夢境裡。

大輔怔然看著封面上的少年，雖然知道可能是錯覺，但他竟覺這少年像極了小雅。

他用手觸著惡魔貓女試印的彩色封面，良久沒能出聲。婦肩在一旁淘淘不絕地講著RG

B和CMYK顯色的區別，大輔都沒能好好聽進去。

「如果店長確認沒問題，我這邊會把完稿PASS給召南工作室，由他們跑送印流程。樣書出來後，會再給店長確認一次。」

大輔唯唯諾諾地應著，婦肩忽問：「店長，您還好嗎？」

「嗯？為什麼這麼問？」大輔一怔。

「我聽仙大說了，他說店長的男友因為積勞成疾，現在住院中。」

大輔「呃」了一聲，婦肩話裡有太多需要吐槽的地方，但大輔現在實在沒這心力。

「如果店長需要幫忙的話儘管跟我說。仙大說了，這次羽毛筆能接到這個工作，全是託店長的福，否則憑我們的實績，白樺是絕對看不上的。」

「……確認一下，心蓓怎麼跟妳們說的？」大輔有點不安。

「喔，仙大說，白樺的總監是店長前男友，店長因故跟他分手，但白總監仍然深愛著店長，看到店長和現任男友在一起心生妒意，就利用合作的機會逼迫店長回心轉意。」

大輔一陣無力，婦肩觀察他的表情。

「所以店長……會跟白總監復合嗎？啊，不要誤會，如果店長要對抗惡勢力到底，我們都會支持店長喔！」她做了個「Fight」的手勢。

簽書會定在八月十九日，大輔看到日期時驚了一下，因為那天正是他與小雅在鹿鳴相遇之日。

雖說依照「花吃」的宣傳進程，簽書會暨正式上線發表會在那時也沒什麼不對，但大輔仍然無法不克制自己胡思亂想。

白華也聽說了小雅昏迷不醒的事。大輔在確認醫院無能為力後，把小雅帶回他的小窩，除了出版的事之外，就是在床邊照看小雅。

白華來得突然，他在某天來到大輔套房樓下，打電話給大輔。

「我在你家樓下，想探望一下你的助理，順便跟你談《花吃》的事，現在方便嗎？」

大輔想不到不放白華進門的理由，白華還帶了整束紅玫瑰，一如既往浪漫。

大輔一身睡衣拖鞋，白華穿著西裝進屋時，大輔頓感侷促。

雖然從前住在一起時，大輔的睡衣姿也不知道給這人看過幾次了，但時隔一年，大輔竟覺得害羞起來。

「這個，先給你。」

白華倒沒有半點彆扭，見了面就遞給他一張名片似的物品。大輔看見卡紙上印著一串數字，下頭還有白樺工作室的浮水印。

「這是……？」

「『花吃』小說版的 ISBN，剛申請好的，就是書的身分證。」白華說：「和白樺合作出書的，我們都會送一份這種紀念卡，雖說實體書還沒出來，但我想說這樣你會比較有實感。」

大輔怔然盯著卡紙上的數字，雖然只是一串數字，但確實就像白華說的，大輔竟覺得那張紙彷彿有了重量，沉甸甸的，讓他指尖不由得顫抖。

白華把花束放在小雅枕邊，他凝視著小雅的五官片刻，忽問：「《花吃》裡的小雅，就是以他為原型創作出來的，對嗎？」

大輔沒有答話，白華忽然嘆了口氣，回過頭來望著他。

「我本來以為你能創作出新作品來是我的功勞，但現在看來，你的繆思另有其人。」

大輔仍沒有吭聲，白華走近大輔，這回大輔沒有逃避，直到白華在他眼前一公分站定，墨鏡下的眼直視著他，半晌伸出手來，觸碰他的臉頰。

大輔心跳快得像擂鼓，白華注視他半晌，像下定什麼決心般開口：

「……澄哥說，想照顧眼睛不方便的我。」

他沒頭沒腦地說，大輔一怔，腦中浮現那張杯麵臉，還有他屢次提起白華時那種無奈中帶著寵溺的神情。

「我說我的右眼很可能也會瞎掉，屆時就是個瞎子，沒辦法創作，可能連維持公司運作都無法，但他說他不在乎，反正我就算長著眼睛也常常看不到重點，很過分吧？」

白華苦笑。

「他還說，他知道我心底放著別人，就跟我明知浪費電費還不肯關掉辦公室那幅ＬＥＤ燈畫一樣。但他說反正我都要變瞎子了，他也不在意一個瞎子的視線是不是停留在他身上。即使我不能看著他，他也會一直看著我，他是這麼說的。」

大輔不知該感嘆白華身邊的人講起話來都跟白華一樣浪漫過度，還是該慶幸白華找到他真正的歸宿。

他只覺心頭有處空空落落，像是一腳踩在雲朵上，格外不踏實。

一直以來都是白華主動黏著他、纏著他，以至於大輔發現自己潛意識裡總認為，即使他什麼都不做，白華也永遠不會離他而去。

這是大輔頭一次察覺，原來這個人，並不會一直待在他觸手可及的地方。

「所以你前妻和女兒的事，他知道嗎？」大輔忽問。

白華愣了下，似乎沒料到大輔有此一言，半晌才點頭。

「嗯，當初離婚，澄哥也是第一個知道的。」

白華說：「大輔，我……」

大輔抿了下唇，最後抬起頭來。

「白華，祝你幸福。」他這回由衷地說。

大輔送白華到停車場，上車之前，白華問他：「你下一部作品決定寫什麼了嗎？」

大輔一愣道：「下一部作品？」

白華神色認真：「是啊，你該不會寫一部作品就滿足了吧？《花吃》有遊戲行銷加持，可以很好地拓展新人知名度。這時候不打鐵趁熱，以同筆名推出新作品就太可惜了。」

大輔有些結巴：「但是我還沒有想成為職業作家的意思……」

「機會是不等人的，對大部分創作者而言，時機一生只會有一次。」

白華說：「田老師已經在擬《花吃》外傳的分鏡了，她知道這是多麼千載難逢的契機。你能創作出頭尾完整的作品，就代表你有成為創作者的潛力，你心中應該也不只一個故事，但觀眾不會杵在那裡等你，沒有演出，他們自然就會散去。以前還有我這個忠實讀者痴痴等你，但現在我不在了，你還想等到觀眾席人去樓空嗎，大輔？」

✎✎✎✎

羽毛筆工作室完成封面及內頁設計，給大輔確認過後，在這週六正式進入送印流程。

大輔會同高知彰還有召南工作室的人一同到印刷廠，做紙質和裁切方式的選定。

他是第一次見到高知彰的工作夥伴，不愧是稜河的前編輯群，每個都長得像過去高知彰的復刻版，當中還有女性，說起話來調調也和小高一模一樣。

「喔！你就是小高說的那個天鵝座冰河嗎？」

「與其說冰河，我覺得他還比較像紫龍不是嗎？」

「只有臉和身材像吧？氣質是有點冰河沒錯啦，但你不覺得說他是成人版的小閻王更貼切一點嗎？」

高知彰和大輔會同印刷廠人員翻看紙樣，大輔還是第一次知道，原來連選紙也有這麼多學問。

「一般像這樣十萬字到十五萬字的中篇小說，選用一百磅的比較多，但我個人是希望輕一點，而且是遊戲相關的書，八十磅帶在身邊也比較能隨身閱讀，雖然翻起來會有點聖經感，但我就喜歡這樣。」

高知彰淘淘不絕：「紙質的話，雖然印刷廠建議道林，但我個人偏好雪銅，對眼睛比較好，也比較能保存。你覺得呢，大輔？」

大輔像隻愣頭鵝似的應著，高知彰又討論起出血問題、蝴蝶頁問題，還有封膜等等細節，大輔都只能鴨子聽雷。

高知彰問他：「小書妖還好嗎？還是沒清醒過來嗎？」

大輔搖頭，高知彰就說：「或許小書妖真的是在等著吃你寫的書，等吃到了、他心願了了，就會好起來了。」

大輔一怔，小高的話雖是善意，但聽在大輔耳裡，竟覺得莫名恐懼。

小高說，小雅是為了吃他寫的書才來到他身邊。

吃了他的書後，心願就了了。

心願了了，那然後呢？

鹿鳴選在三月的第一天開張，也同步公告了簽書會的日期。

羽毛筆工作室貼心地替大輔做了宣傳海報，張貼在一樓街道的樓梯口。

——「戀與總編輯」製作團隊精心製作！全新戀愛卡牌戰鬥遊戲「花吃」同名小說簽書會，現在報名參與，可獲得小說版限定祕寶「花種子」，數量有限，現在就來尋找屬於你的花精吧！

為了吸引人潮，白樺工作室還將大輔的作品放上網路。從白樺的官網可以取得連結，按日張貼兩千字的章節，讓讀者免費閱讀。

官網開放讀者留言，雖然不抱期待，但大輔還是在連載第一天就忍不住上網看了。不愧是知名遊戲公司的宣傳實力，慕名而來的讀者不少，連載第一回下面熱鬧非凡，只不過多數留言和大輔的故事無關。

很可愛的故事，看完更期待遊戲內容了！

故事背景和遊戲時間點不太一樣，是比較古早的年代對嗎？感覺男女主角好純情啊，但我喜歡這種風格。現在網路小說太多譁眾取寵的腥羶色了，這種小清新也不錯！

當然也有負面的以及來亂的人。

「戀與總編輯」這種糞作還有臉出新作品喔！

未看先猜又是賣腐作。男的會和某個花精搞在一起，無視女主角的存在，跟「戀與總編輯」一樣。

現在連白樺工作室都不得不屈從腐女的喜好了，真是令人感嘆……

大輔還發現鹿鳴人流變多了，他本以為是簽書會宣傳的緣故，但來客裡多了不少女性，一問之下，才知道是鹿鳴登上了雜誌專題介紹的緣故。

大輔這幾日忙於出版事宜，許久沒去領他的掛號郵件。他發現白華前妻早早便寄了《韋編》的最新一期給他，封面正是「鹿鳴」的舊店照片，標題還寫著——慾望城市中的綠洲：獨立書店鹿鳴的死與生。

大輔還是頭一次見到這種書店專題報導，赧然之餘也興味盎然。他坐在改建的地下室櫃檯旁，一頁一頁地仔細讀著。

說到台灣獨立書店，大家或許會想到女書店、台灣e店、唐山書店等等解嚴初期承載自由本土思想的溫床。而隨著近年台灣文創藝術產業的發展，獨立書店也逐漸開枝展葉，呈現多種不同的風貌。

今日介紹的「鹿鳴」，便是百花齊放的獨立書店中，一枝最孤豔美麗的花。

張記者從鹿鳴的源流開始，忠實記載了大輔接下這間燙手山芋的經過。當初採訪時，大輔一時興起，把他和高知彰從國中開始的孽緣軼事全像說故事一樣傾囊倒出。

但大輔以為那只是閒聊，沒想到對方像記實文學一樣，一字不漏地寫在報導裡，大輔只能祈禱高知彰別太怪他洩露隱私。

實體書店為了求生存，現在多販售實用性的書籍為主。考試用書、理財、育兒、醫療健康及專業參考書，最多進點心靈雞湯或政治實事。文學類書籍只有在搭載電影或明星風潮時，才會出點原作小說。

但鹿鳴的選書不同，從冷門的原文古籍、獨立出版社的偏門小說、作者自費出版的詩集、文集等，還有一向不受市場歡迎，以性別、性取向及非主流價值觀為主軸的陰性創作……鹿鳴都願意冒著庫存風險進貨。

大輔十分汗顏。說實在，鹿鳴的庫存書很大部分是當年高知彰草創時留下來的，大輔非但沒翻過，還一天到晚恨不得把那些書當紙錢燒。

報導後段提了獨立書店經營的困境還有鹿鳴的現況等等，大致和張記者當天與他長聊的內容相同，也鼓勵街坊鄰居多到獨立書店消費。

令大輔在意的是，報導末尾還特地介紹了鹿鳴店長，也就是他高大輔本人。

文字介紹也就罷了，採訪當天張記者要他擺出各種姿勢，例如假裝在打掃書上灰塵，或是斜倚在書架上看書的樣子，讓她從各種角度拍攝。

當時大輔還丈二金剛摸不著頭緒，現在才恍然大悟。

雜誌最後的拉頁全是他的個人獨照，活像什麼明星寫真展似的。

其中一張照片，是他坐在書店高腳椅上，穿著圍裙，低頭翻著書的模樣。斜陽從正面的窗口映射進來，將他成熟的臉龐添上幾分憂鬱、幾分哲思。

記者還在照片旁加筆：

鹿鳴的店長高大輔先生是位長相俊秀、個性溫和的三十五歲黃金單身漢。知道店長的真實年齡時，老實說筆者吃了一驚，本來以為大輔店長是哪間大學的研究生呢！

店長說，他從二十八歲開始接下鹿鳴，至今一直忙於賣書工作，無暇交友。店長本身也是文學愛好者，據聞也有從事創作。

各位愛書的朋友們，或許在逛書店之餘，也能和這位充滿文青感的店長聊聊天，可能會有意想之外的收穫喔！

大輔現在總算明白，為什麼店裡的新客多是女性，且經過櫃檯時會頻頻對他投以熱切的目光了。

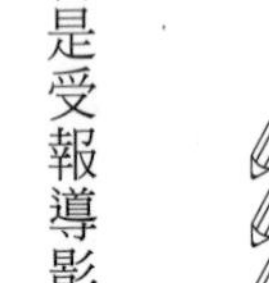

大約是受報導影響，這兩週鹿鳴生意格外好，大輔和田心蓓蠟燭兩頭燒，忙得不可開交。

白樺工作室的人最近也頻繁往來鹿鳴，確認簽書會當日的動線、流程，而最常出現的就是白華的貼身助理兼現任交往對象白樂澄。

大輔心情複雜，他確實沒有回頭再和白華在一起的意思，也沒那個可能。

他也不恨白華，在知道白華眼疾的事情後，也衷心希望他能幸福。

但親眼看著曾與自己親密無間的人放下執著，投向另一個人的懷抱，又是另外一回事。

「我聽白老師說了，高老師的助理一直昏迷不醒。狀況還好嗎？」

彩排間隙樂澄關心他，大輔只好虛應，連對方眼睛也不敢直視。

「白老師有說，他跟你坦白眼睛開刀的事了。」樂澄彷彿知他心情，漾著圓滾滾的笑臉說：「我鬆了口氣，否則老實說每次跟你見面我都很緊張，深怕自己哪句話說得不對，洩了白老師的密，回去被他扒層皮。」

大輔怔了怔，看來白華有特別對樂澄交代過，要所有人隱瞞自己。

「……為什麼他不肯跟我說？」

大輔終於忍不住問了。

「我……在他眼裡這麼不堪嗎？這麼好騙？還是我特別脆弱？他可以跟所有人說、跟你說，就是不能夠跟我說？」

大輔漲紅著眼眶，硬是沒有看向他，緊繃的嘴角洩露一絲倔強。

「白老師說得沒錯，你變得有點不一樣了。」樂澄嘆了口氣，看向大輔的眼神有幾分異樣。

「白老師……白華他，其實是個很笨拙的人。」

樂澄又說，他斟酌著用詞：「我認識他快十年了，那人看似天才，一副無所不能的樣子，但其實我們都知道，他處理感情的方式跟三歲小孩沒兩樣。如果不是這樣，他也不會被張凱潔騙婚這麼多年，還跟她維持朋友關係吧？」

大輔一愣：「你們都知道白華前妻的事？」

「當然知道啊！張姊以前也是寫劇本出身，不過比較多電視劇就是了，生小孩以後才轉行當自由撰稿人，是圈內有名的ㄎㄧㄤ人，這圈子很小的。」

樂澄感嘆：「我和白華和她還有幾個臭朋友，以前還組過『防止膝蓋中箭聯盟』，宗旨就是當個膝蓋完整的人，要做喜歡的事一輩子，絕不屈服於婚姻、金錢和社會常識。」

大輔想起張記者穿的那件T恤，他總算明白那些文字的意義。

「所以白老師同意張姊的求婚時，我們全都反對，覺得這一定又是張奇葩的任性妄為。而且這兩人都是生活重度殘障，根本不可能共組家庭，結果果然不出我們所料，不到兩年就分了。」

樂澄苦笑，他望向大輔，神色又變得柔和。

「後來白老師遇到你，我們都很為他高興，我本來以為你們會一直這樣走下去，但那個人實在太笨拙了，最後果然還是搞砸了。」

大輔尷尬了一下，顯然白華所有的朋友都知道白華的性取向，也知道他與白華的關係。他有點意外樂澄他們如此坦然，雖說他早知自己喜歡男人，但想當年他接受白華時，還是歷經了一番掙扎。

不愧是物以類聚，能和白華交朋友的也都不是等閒之輩。

「我想他會選擇瞞著你，也是不知道該怎麼說吧？他不希望你同情他……就像他不希望你知道他被張姊玩弄，有個沒見過幾次面的女兒一樣。你們分手後那段日子，我真是看不下去，好幾次勸他去找你把事情講清楚，但他不知為何就是搞不定，但又放不下你，沒事就偷跑去看你，把自己搞得和跟蹤狂一樣。」

他像是在數落自己兒子般嘆氣。

「我都準備好一筆錢，想說哪天他被你報警抓走時可以保他回來了。但高老師您人太好了，居然忍受那個笨蛋這麼久。」

大輔說不出話來，好半晌才勉強擠出一句：「抱歉，給你們添麻煩了。」

樂澄看了他一眼，表情有些複雜，最後才扯起唇角。

「啊，真的是麻煩透了，那個人。」

第十七節

簽書會的彩排定在鹿鳴公休日的晚上，地點就在鹿鳴。

遊戲代言人是位當紅的女性 YouTuber，年齡看上去小上大輔一輪生肖。

大輔對 YouTuber 不熟悉，但那名女性貌似廣受年輕族群歡迎，會在頻道上開箱一些女性用品，也會分享男女交往經驗、介紹時尚潮流等等。

工作室讓 YouTuber 打扮成花妖的模樣，穿著大輔看來有些曝露的服裝，坐在彩繪成花台的基座上，拿著大輔的新書展示，並發放祕寶的兌換序號卡給到場的讀者。

雖說書籍還在趕製中，彩排時 YouTuber 是以別的書代替，但這種行銷型態大輔還是第一次經歷，有種說不出的陌生感，也讓他心中的不安水漲船高。

彩排一路忙到深夜一點，大輔拖著疲憊的身軀回到套房，坐在小雅床邊。

小雅始終沒有清醒。期間大輔抱持著試試看的心態，給他吃了自己過去的幾篇創作，但小雅既沒有張開口，也沒有要與那些創作融合的意思。

大輔看著小雅那張清秀的臉蛋，腦中浮現惡魔貓女設計的封面。不知不覺，眼前的小雅竟和花店裡的男孩形象重疊。

大輔彷彿看見小雅站在花店前，對著他說：

「我其實……並不是人類。我是靠吃花維生的花精。」

「花，其實是可以當飯吃的。」

他握著小雅的手，感受著他屬於人類的體溫，忍不住開口：

「吶，小雅，你是為了吃我寫的書，才來到我身邊的嗎？」

他呢喃。

「如果我是說如果，我真的寫出書來給你吃了，那吃完我的書後，你還會繼續陪著我嗎？」

他怔怔望著小雅的臉，小雅這些日子來雖然瘦了許多，但睫毛濃密依舊。高聳的鼻梁、柔軟的唇瓣，就連吃到好書時那雙閃閃發亮的眼睛，大輔都彷彿歷歷在目。

他低下頭，吻在小雅唇上。

吻輕沾即離，大輔禁不住鼻腔酸澀，一直藏著抑著在胸中的情緒擴散，將他徹底淹沒。

那天深夜，大輔撥了通電話給白華。

「你想中止《花吃》的出版……？」白華難得叫出聲來。

「但我不懂，大輔。都已經進入印刷流程了，樣書也已經出來了，一切都按照合約在進行，為什麼要忽然中止？」他問。

「果然……不行嗎？」大輔喃喃說。

「如果流程中你有哪裡不滿，要改善的話當然是可以，畢竟你是作者，作者最大，但你至少要告訴我理由。」

大輔囁嚅著：「我只是想，或許不需要這麼急。我還沒準備好要成為作家……我是說，像這樣把自己的作品展示在人前，我還需要一點心理建設。」

白華沉默了好半晌。

「……是因為那個助理的關係嗎？」他忽問。

大輔微微一驚，他從未向白華提過小雅的事情。雖然白華是個聰明人，但小雅的事太過超現實，大輔也不認為他猜得到那個方向。

「我認為現在停止出版流程，對你那位助理的情況沒有幫助。」

白華不知為何在電話那端嘆了口氣。

「你對他人對你的好感太遲鈍了，大輔。就我旁觀你和那個助理的相處，他一直期望能夠幫上你的忙，即使犧牲自己也在所不惜，看他的眼神就知道了。就算他不在了，他也希望你能實現夢想。」

白華的語氣不自覺地染上一層酸意。

「他是你的繆思，不是嗎？你因為他而重新提筆，既然如此就不要半途而廢……不要辜負他對你的期待，大輔。」

大輔心中亂成一團，他在電話那頭沉默許久，好在白華沒有催他，任由他自己沉澱。

「……那我可以提個要求嗎？關於書的。」大輔問。

「嗯，你說。」白華說。

大輔說了自己的請求，白華聽上去有些遲疑，但他很快做了決定。

「應該沒問題，我昨天去過一趟印刷廠，現在只跑了內頁流程，封面還沒有開始印，只抽換版權頁的話應該不算損失太慘重，抽換的損失由白樺工作室全額負擔。」

他頓了下：「雖然樂澄應該會罵死我，但是算了，我也被他罵習慣了。」

大輔難掩心頭愧疚之情地說：「白華，謝謝你。」

白華又嘆了口氣，這回意味深遠。

「我們之間不需要說這些的，大輔。」他說。

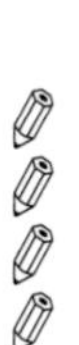

簽書會當天，高大輔起了個大早。

他坐立難安，在小廚房煎了蛋、泡了即溶咖啡，卻食不知味。

他提早換上襯衫，繫上領帶，又覺得顏色不對勁，在鏡子前換了好幾條，都找不到滿意的。

最終他走到床邊，凝視著依然沉睡的書精，握了握小雅的手。

「我走了，小雅。」他說。

代言的 YouTuber 團隊成員十分盡職，一早就抵達鹿鳴店址，大輔還比他們晚到，汗顏地匆匆拿鑰匙開門。

門口竟已聚集了不少客人。這些人有部分是 YouTuber 的支持者，還有部分是遊戲的粉絲，大輔還看見幾個女性 Cosplay 成花精的模樣。

召南工作室的夥伴稍後抵達，卻不見小高本人。

「高知彰呢？」大輔問。

夥伴看起來也睡眼惺忪，頻頻呵欠道：「他在印刷廠，昨晚臨時發現有一批書裝訂顛倒，知彰整個晚上都待在那裡處理。」

大輔吃了一驚：「怎麼會這樣？那怎麼辦？」

「也還好啦，我們也不是沒遇過更誇張的事，像是簽售會前一天才發現整本書都單面印刷的，很驚悚吧哈哈。這次是因為臨時更換封面，印刷廠緊急調派人力重新裝訂，可能有工讀生在裝訂時內頁和封面放顛倒，才會變成這樣。」

大輔滿心都是愧疚地說：「怎麼不跟我說一聲？」

「裝訂錯誤是印務的問題，哪有麻煩作者的。何況知彰說，高老師你一定緊張得要命，要我們不要再給你添亂了。」

夥伴笑著說：「好在今天只需要兩百本，已經處理得差不多了。但那個智障說他閃到腰，要去常去的整骨師傅那邊推一下，不過別擔心，他說不會錯過你的大日子，還讓我先開直播呢！」

大輔還聽說召南工作室全體人員昨晚全留在廠內，漏夜檢查瑕疵狀況。

小仙女說這是書籍製作必備的流程，在高印量的狀況下，有些出版社會採取抽查的方式，但高知彰堅持要親自摸過每本書，特別是首販會這兩百本，不容有一點差錯。

「這可是讀者和書初次見面，就跟相親一樣。」夥伴轉述小高的名言。「相親就給人壞印象，就沒有第二次機會了，不是嗎？」

簽書會表定下午一點開始，上午十點，羽毛筆工作室的女孩們也來了，還提著起士蛋糕和檸檬塔等等伴手禮。

大輔看三個女孩都是眼圈深沉，田心蓓尤其嚴重，像是三天沒睡飽的樣子。

「『花吃』的漫畫有同步在台灣線上付費的漫畫網『D.D.D.』公開。合作消息發布之後，工作室忽然陸續接到好幾個案子。」

兼任羽毛筆行銷的惡魔貓女打著呵欠，揉著眼睛。

「都是很不錯的合作機會，有政府政令宣導，也有新的漫畫網站連載邀約，一口氣接了三四個大案子，這幾天仙大幾乎都沒離開過電繪版。而且店長你猜怎麼著？仙大她爸媽可能在電視上還是網路上看到合作消息吧，竟然打了電話過來恭喜心蓓。」

婦肩在一旁接口。

「她爸還說他們公司很多年輕同事都在討論『花吃』，說漫畫很好看，她爸還很自豪地說是她女兒畫的，開了 D.D.D. 首頁到處秀給人看，也不想想當年自己怎麼亂撕人家作品。」

田心蓓紅著臉插口：「好了啦！今天是店長主場，不要一直談我的事。」但大輔看得出來她很高興。

「不過店長也真嚇死人了，居然臨時改了書名，都已經送印了，我平常出本要是敢這樣，一定被舒慧她們罵死。」田心蓓說。

大輔赧然撫著頭，但田心蓓又說：

「但我喜歡改過的書名，比原本的切題多了，很讓人……感動。」

白樺工作室延請的節目主持人也到場了，主持人和大輔確認流程，原則上一開始由白樺的代表，也就是助理樂澄介紹遊戲故事、遊戲玩法和角色，再播放影片，並公告正式上線的日期，接下來就是介紹書的時間。

「高老師要不要跟讀者說點話？」主持人問他。

大輔嚇了一跳：「什麼話？我不擅長演講。」

主持人笑起來：「也不需要到演講的程度，就是閒聊那樣，我會引導高老師回答一些問題，像是為什麼寫這部作品、寫這部作品遇到的困難，還有想傳達給讀者的訊息等等，老師就照自己的意思回答就好。」

召南工作室的印務在十一點時帶著剛出爐的新書抵達鹿鳴。

大輔從上回被高知彰帶著去確認封面後，就沒再摸過自己的書。

他看著嶄新的封面，惡魔貓女繪製的溫室和小雅在鹿鳴的乳白色燈光下，泛著溫和但吸睛的光澤。

翻開內頁，裡頭是和婦肩商討過無數次的排版。行距、段落間距、頁碼位置、扉頁風格……從前大輔看書時從未注意過的細節，如今都顯得別具意義。

他撫著書的紙質，腦中浮現和高知彰他們在印刷廠中和老闆爭論用紙和出血的往事。剛誕生的書頁泛著雪銅紙獨有的香氣，拿起來重量恰到好處。

封面兩側的折口，一側寫了大輔的生平，另一側介紹白樺工作室。

折口裁切長度到內頁一半，這是高知彰建議的。他說這本書頁數少、紙質輕，把折口做長，有助於讀者在翻閱時不會因為速度過快而跳頁。

大輔這才明白，即便是書裡微不足道的小處，都是編輯、設計、插畫家、校正、印務和印刷廠、出版商的心血，是集聚許多人的智慧才能成就的寶物。

大輔看著書末的版權頁，看著上頭羅列的名字，竟禁不住眼眶溼熱。

而就在書脊的地方，書名下最醒目的位置，寫了他的名字。

「高大輔　著」。

大輔來回撫著燙金微凸的鉛字印刷，羽毛筆的女孩們都在身後看著他，田心蓓還拍了拍他的肩膀。

「實體書，很有分量吧？」她問道。

大輔深吸口氣，伸手抹了下眼眶。

「……嗯，太有分量了。」

正午十二點，客人陸續抵達鹿鳴，人數遠比大輔估算的多上許多，半途樂澄不得不中斷準備工作，去樓上拉紅龍，維持排隊秩序。

正午十二點半，高知彰終於姍姍來遲，腰間和脖子上都貼了為數驚人的撒隆巴斯。

正午十二點五十分，樂澄開放讀者進場，大輔則先到後方的書庫兼休息室待機。

大輔從書庫門縫間看著魚貫進場的讀者們。其中有六成是女性，但也有不少青少年。有些女性手裡還拿著橫幅看版，有寫著「花吃☆LOVE」的，也有寫什麼「小雅我愛你！」的，當然此小雅非彼小雅。

女YouTuber第一個出場，粉絲群中爆出歡呼聲。

主持人先禮貌地介紹了她的頻道、YouTuber也禮尚往來地說自己是「戀與總編輯」的狂熱玩家、「花吃」封測第一天就下載玩到廢寢忘食之類的客套話。

接著是遊戲宣傳時間，樂澄出場放了一段影片，並告訴大家務必留到最後，會發放神祕寶物之類的，接著就是大輔出場的時間。

大輔緊張得四肢發抖，他緊握著手上的書，才走出書庫，媒體的鎂光燈就照得他睜不開眼，差點沒嚇得又躲回書庫去。

好在主持人替他圓場：「高老師比較害羞，你們掌聲不夠熱烈，他好像不敢出來呢！」

會場立即傳來熱烈的掌聲，大輔不好意思再躲，大步走到看板前，在主持人身邊落坐。

訪談堪稱順利，主持人按照彩排的流程，問了大輔的生平、創作契機、小說的時間線與遊戲時間線的關係，還有角色的設定理念等等。

大輔初始還有些畏畏縮縮，但回答幾個問題後，漸漸也鎮定下來。

主持人問道：「聽說大輔老師在出版前才忽然決定更改書名，原本的書名與手機遊戲同名。」

「所以現在的書名——《又不能當飯吃》，對大輔老師有什麼特殊意義嗎？」

大輔深吸了口氣。

「……我身邊，一直都圍繞著許多與創作相關的人。」

他吞了口水，緩解緊張。

「我的父親是報社攝影師，但後來報章雜誌越來越少人看，報社倒閉，父親好幾次被我媽要求改行去賣水果，或做成衣代工之類賺錢的事業。

我的摯交好友是知名出版社的前編輯，他喜歡劇情複雜、設定完整的長篇小說，但出版社總是要他製作電影改編作品，或是與知名戲劇聯動的跟風作，他製作的書經常滯銷，被上頭罵是沒有眼光的編輯。

我鹿鳴的員工，從小就鍾情於漫畫創作，是非常優秀的漫畫家。但她全家都反對她走這條路，她父親還撕了她費盡心血畫的參賽作，對她說：『送妳去讀大學，不是讓妳畫這種東西，早知道當初就讓妳去做女工！』」

大輔停頓了一下，環視著周圍傾聽的群眾，包括在角落的高知彰和小仙女。

「我曾經交往的對象，是遊戲劇本的作家。

在他開始寫劇本的那個年代，沒人相信國產遊戲有市場，多數人只想湊桌打線上麻將，或是玩切水果之類不動腦的遊戲。他遭遇許多挫折，費心寫的遊戲還沒上線就被贊助商腰斬，募款募不到錢，還被玩家嘲諷是痴心妄想。

他也曾非常灰心喪志，對著我說與其寫遊戲，不如去做網拍比較實際。」

大輔交握雙手，緩緩扯動嗓音。

「創作又不能當飯吃——這是所有立志於創作的人們在生命歷程中，都一定會從他人口中聽見的話。

創作常常是毫無價值的，實際著手寫作後，我也才理解到，創作是一種需要投入大量時間精力，最後可能一無所獲的行為。

有人可能寫了一輩子、畫了一輩子、做一堆的書、開了半生的書店……但最終回頭發現，他什麼也沒有得到，窮困潦倒、貧病交集，身邊沒朋友、沒親人支持，孤孤單單一個人，很可能還只能住網咖維生。」

他看了一眼靠在柱子上養腰的高知彰，唇角微微一揚。

「所以我，想要告訴那些人，或許在都市的某一角，就存在某個人，某個你專屬的『小雅』。

你以為不能當飯吃的東西，你種下的種子、你的花園開出的花，對那個人、那些人而言，或許是他賴以維生，足以拯救他人生的寶物。」

大輔想起還躺在病床上的那個人，眼眶一陣溼熱，只得強自壓抑下去。

「就像書中『小雅』說的，我們只要持續抱持信念，灑下種子、種下花朵。總有一天，當這座都市繁花盛開的那天，就能證明我的父親、我的老友、我的員工，還有那個人……證明我們所做的一切並不是毫無意義。」

大輔話音剛落，現場仍舊一片靜寂。

這讓大輔感到不安起來，想說自己是不是講錯了什麼，又或者是他一個新手作家還大言不慚地說了一堆，是不是讓人反感了。

但不知誰開始鼓掌，初始此起彼落，轉眼間便滿場都是掌聲。

大輔看見角落的小仙女、婦肩和惡魔貓女都跟著拍手，連腰痛坐在一角折疊椅上的高知彰都加入，還比任何人都情緒熱烈，大輔甚至隱約見到他眼角噙著淚光。

✎✎✎✎

簽書會到了尾聲，發放完祕寶序號，剩餘的時間便開放到場的讀者給作者簽書。

大輔本來想大概沒什麼人會找他簽書，畢竟他籍籍無名，又是第一次出書。

雖然有不少觀眾離席，還是有人留了下來。

這些人多數是女性，有個看上去二十五、六歲的女讀者怯生生地拿著剛出爐的新書，走到大輔面前。

「高老師您好，我在官網上看你連載的小說，非常喜歡，想說一定要來見老師一面。」

女性熱情地趨前，大輔忙說：「謝謝妳。」

「而且我認真讀過之後，才發現自己很久以前其實就看過老師的小說，好像是在某個文學網站吧？但當時老師的筆名好像叫『大刀』還是『大斧』什麼的。」

大輔略感訝異，他一直以為他的讀者就只有白華一個人，卻沒想到竟有其他人還記得這部作品。

「我那時候還是高中生，看了超級喜歡，老師的作品有一種淡淡的小清新風味，和當時網站上那些情色羶腥都不同。怎麼說，光讀老師的文字，就能感覺大輔老師應該是個溫柔的人。」

她熱切地望著大輔。

「知道您還有在繼續創作實在太開心了，請一定、一定要繼續寫下去，我會一直期待老師的作品！」

大輔既害羞又感動，女性讀者還與他握了手、拍了照，歡天喜地地拿書給他簽名。

大輔還是第一次做簽書這種事，簽字筆壓在書頁時，指尖都是抖的。

不少讀者是在官網上第一次讀到大輔的作品，還有讀者畫了小雅的同人圖，羞澀地夾在卡片裡送給大輔，讓大輔受寵若驚。

人潮到下午四五點才逐漸散去。樂澄替他送走最後一個讀者，小仙女拉下通往一樓的鐵門，大輔才像虛脫一般，坐在椅子上鬆了口氣。

高知彰走近他說：「辛苦了，大作家，也幫我簽個名吧？」

大輔苦笑地望著老友，高知彰拿著《又不能當飯吃》新書，擱在大輔面前。

大輔低首一看，高知彰翻的是版權頁，也是全書的最後一頁，書頁上羅列著大輔熟悉的人們：

作者：高大輔

發行人：白樂澄

總監：白華

封面設計：童燕如

內頁排版與美術編輯：楊舒慧

插圖：田心蓓

校正及印務：召南文創工作室
台灣經銷：白樺文化創意有限公司

而就在那些名字的最前頭，緊靠在作者之後的，是大輔既陌生又熟悉的頭銜。

責任編輯：高知彰

「……沒想到會有這一天。」

老友難得眼眶略紅。

「老實說，我本來以為要看到你寫的書，得讓我的子孫燒給我了，跟《獵人》第二五六回一樣。但看來我做那些痛死人的療程還是有價值的，人活久了還是會有好事發生。」

大輔把名字簽在高知彰的名字一側，兩人看著未乾的墨跡，都是感慨萬千。

最終高知彰把書闔上，將那本書慎而重之地放進大輔手裡。

「交給你了，讓你的小書精飽餐一頓吧！高大輔老師。」

第十八節

樂澄和白樺文化的人先告了辭，說是遊戲剛封測上線，有許多客訴得處理。

代言的 Youtuber 和行銷公司的人也先行離開，臨走前讓大輔簽了本書，說是要在下次的直播上推銷。

羽毛筆工作室的女孩們說要去附近燒肉店喝酒聚餐，還邀了召南工作室的那些阿宅們一起。《又不能當飯吃》實體書送印期間，有許多設計和印刷問題得討論，兩方交集因而變得頻繁。

大輔發現這些人在不知不覺間，竟熟得讓他插不進話題了。

「你知道嗎？超時〇要塞最近四十週年，要跟 Walküre 合作……」

「我聽說了，但是這種次元之壁的碰撞總讓人有點擔心啊。」

「可能是想蹭偶像市場吧？說到偶像，你還記得 Love★Live 嗎？她們也推出了虛擬偶像企畫，就是讓虛擬偶像跟真人一樣在ＳＮＳ上活動……」

「這年頭，二次元和三次元的界線真是越來越模糊了啊……」

大輔目送工作室的人離去，偌大鹿鳴，就只剩下大輔一個人。

大輔手中拿著書，信步走到後方的書庫內。

他打開書庫頭頂昏黃的燈，坐在燈下的高腳椅上，翻閱著手上的新書。

這是他第一次從書籍的角度檢視自己的創作，總覺得十分陌生，雖然是自己一個字一個字敲出來的內容，但一旦成為鉛字，印在紙上，就有種自成一格的疏離感。

大輔用指尖觸著那些鉛字，感受著竄入鼻尖的油墨味，還有紙張散發的清香，內心思潮起伏。

大輔還在思索，就聽見外頭傳來輕微的腳步聲，疑似還有書籍落下的聲音。

他一怔，本能地衝到書庫外，在排列整齊的書架間看見了一個人。

那是個高大的男人，長相清秀，頭髮柔軟地蓋在耳殼上，唇瓣薄而性感，鼻梁高挺，眼神深邃，除了年紀，都和大輔熟悉的一模一樣。

男人看上去二十七、八歲，唇邊多了點淡淡的鬍碴，更添男人味。

男人聽見聲音回過頭來，看見是大輔，微微笑了。

「啊，又被店長抓到了。」

嗓音既低又沉，不變的是語氣裡的童真。

大輔猶有些不敢置信，同時又有些後怕，他緩步走近男人。

「小雅……？」他啞聲確認著。

男人依然微笑著說：「我本來想這時間來鹿鳴，應該可以偷到不錯的書，沒想到大輔哥你還留在這裡，真是失算了。」

大輔再忍不住情緒，他三兩步上前，摟住了笑意盈盈的書精。

「你醒了！怎麼……怎麼不跟我說一聲？」

他抓著小雅的肩膀，有些結巴。

「你怎麼又長大了？你找到能吃的書了嗎？什麼書？」

小雅微笑著，大輔才驚覺自己情緒激動，幾乎要湊到小雅臉上。

「我說了，我是來偷書的。」小雅輕聲道：「就像我最初的目的一樣，只是當時，我沒偷到我真正想要的書。」

大輔忽然明白小雅的意思。

「……不、不行，不可以。」

他抱著手裡的新書，往後退了兩步，像守護什麼至關重要的寶物一般。

「不，我是說，這本書並不好吃。我是新手，從來沒創作過，是因為運氣好，才有了這部作品。但是對吃過很多書的你而言，它肯定不能夠滿足你，你、你還是再等等，等我寫出更好的作品……」

大輔沒能再把話說下去，因為對方忽然走近他，在大輔來得及反抗前，單手鉗住他的後腦杓。

那張大輔理想中的俊臉迅速湊近，吻在他的唇瓣上。

大輔呆若木雞，淚水順著眼眶滾落。

「大輔哥還記得那天晚上發生的事嗎？」小雅忽問。

大輔吸著鼻子道：「那天晚上……？」

「嗯，就是……大輔哥和白華先生分手，回到鹿鳴之後發生的事情。」

大輔一怔，跨年時，他向小雅訴說了與白華從相識到分手所有經過，也提了那天晚上他在鹿鳴窩了一夜的事。

那天，他茫然回到鹿鳴，走進書庫，似乎也是像這樣坐在高腳椅上。

他想著白華，想著兩人過往，想到最初白華如何在他青澀的文章下留下第一個留言，而他看見那則留言時，又是如何興奮、激動、欣喜和羞澀。

想著想著，大輔從塵封的抽屜深處拿出了當年的手稿。

距離大輔最後創作那篇文章已經過了八年，手稿邊緣都泛了黃、缺了角。

大輔從第一句話開始讀著，一路讀到最末——男孩凝望著女孩，神色溫柔，像要把她的形象永久印在腦中。

他發現自己還列印了白華最後的催更留言，就黏貼在手稿下方。

他默默看著、讀著，用手撫著手稿上的墨字，忽然覺得悲從中來。

他所做的這一切，寫作也好、閱讀也好，都是沒有意義的。

他以為能夠互相理解的兩個人，其實打從一開始就沒有站在同一個平面上。

他從箱子裡找出打火機，把手稿拿到鹿鳴後頭的垃圾筒裡，點燃手稿，把那些曾經的文字、曾經的緣分、曾經的愛與慾燃燒殆盡。

他燒光了所有手稿，總算覺得好過一些。

他收乾眼淚，把灰燼掃進泥地裡，回書庫繼續整理庫存。

而再過沒多久，小雅就出現在他們店裡，因為偷書而被小仙女逮個正著。

「你是……因為我燒了那些手稿，所以才誕生的嗎……？」大輔怔然。

小雅笑笑，他雙手插進口袋裡，坐上平常上架書用的那個腳凳。

「在那個辦公室裡，大輔哥給我吃了列印下來的手稿。」小雅說：「我那時候迷迷糊糊，只覺得很冷、很難受，但接觸到手稿時，卻沒有平常那種急著想進食的感覺，而是一種……很熟悉、彷彿回到故鄉的安心感。

後來，那篇文章和我合而為一，那些文字、那些句子、那個故事融進我的血液裡，我才忽然明白過來，啊，原來這就是我，我就是來自這些文字之中，它是我的骨肉、我的心肝肺膽、我的一切。」

小雅走近大輔，俯視著現在已然比他矮半顆頭的書店長。

「是你創造出我來的，你的故事造就了我的生命……高大輔。」

大輔說不出話來，他茫然地想，難怪小雅在吃到「燒書」情節時，會因為衝擊過大而昏迷。

因為最初，他就是從被他燒燬的半成品文章中浴火重生。

「剛知道這些事情時，我心裡很矛盾。」小雅彷彿知他心中所思。「因為大輔哥原本想把我燒掉，你放棄了一切、放棄身為創作者的潛能，我是被大輔哥給拋棄的，是不被需要的。我甚至想過，我會這樣出現在大輔哥身邊、出現在鹿鳴，是不是因為被燒了不甘心，像是……怨靈什麼的。」

大輔開口想說什麼，但小雅搖了搖頭。

「但我知道，大輔哥想要改變。大輔哥這些日子的努力我都看在眼裡，即使認為自己很平凡，你仍然沒有放棄，一直堅持到了最後。大輔哥那天哭著說自己沒用，要我抱你的樣子，我永遠都不會忘記。」

大輔臉上一紅，小雅又說：「所以我換了個想法。或許我之所以會回到大輔哥身邊，不是因為不甘被拋棄，也不是要報復大輔哥什麼。」

「我是為了讓高大輔這個創作人重拾起筆、再找回創作的熱情，才出現在這裡的。」

小雅看著大輔手上的成書，放柔了聲音。

「而事實證明，我也達成我的使命了。」

大輔用力搖著頭說：「不，你沒有！」

他近乎恐慌地握住小雅的手。

「我……還不成氣候，這本書就只是個開始，我只不過是把一度放棄的作品重新完成而已。白華說，要成為作家，我還差得遠了，還有很多路要走。」

他平復呼吸。

「我還能寫許多書，白華已經在規劃這本書的續集了，我還能提供許多……食物給你。所以你不要覺得自己已經完成任務還什麼的，我還需要你，小雅，我說真的……」

大輔殷切地說著，但小雅只是無比溫柔地望著他。

「大輔哥，我餓了。」小雅說。

大輔一怔，小雅仰頭望著鹿鳴的天花板。

「我一直吃不飽，記不得上次吃飽是什麼時候的事了，不管吃再多的書，都沒辦法覺得滿足，就像我現在看著鹿鳴這麼多好書，卻沒辦法像以前一樣食慾大開。」

他退開兩步，望著大輔，還有他手上那本《又不能當飯吃》。

「吶，大輔哥，不，作家高大輔，你能讓我飽餐一頓嗎？」

大輔捏緊了手上的書，緊到微微發顫。

他再次抬起頭，淚水已然模糊了他的眼眶。

他抹乾眼淚，重新深吸了口氣，拿穩手裡的書籍，猶豫許久，才將它遞到小雅唇邊。

「我可不保證好吃，畢竟我是新手作家。」

大輔別過臉。

「……就算不好吃也不准說實話。我現在心情不好，你說實話，我會哭給你看。」

小雅咯咯笑起來。

他慎而重之地用兩手接過那本書。不知是否是大輔的錯覺，小雅的指尖在觸碰到書頁的頃刻，那本書竟泛起柔和的光，像晨曦一樣圍繞小雅周身。

大輔又想阻止小雅吃它，但他知道自己沒有資格這麼做。

小雅餓了這麼久、等了這麼長時間，就是為了此時此刻。

無論身為朋友還是情人，抑或單純作為書的作者，都不該打斷他。

小雅把書湊進唇邊，像吃其他書一樣，珍而重之地啃食著。

從羽毛筆設計的封面開始，吃到書脊，再吃進內頁、舔舐著油墨、咀嚼著文字。

大輔從未看過小雅如此緩慢地吃一本書，彷彿要把書裡每一個字、每一句話、每一個段落，都透過舌尖品嚐清楚。

小雅每吞嚥一次，大輔便見他喉口顫動。他眼眸微瞇，又倏忽睜大，短短十分鐘的進食過程，表情變了數次。而末了，大輔見他竟也眼眶溼熱、眼角泛紅，只是沒掉淚。

他拿著最後一小截書頁，雙手微微顫抖。

小雅抬起頭，直視著大輔，一如當初偷書被發現時那般。

「我……不想離開你，大輔哥。」

小雅終於顫抖著發出聲音來：「我想待在你身邊。我知道，吃了這本書後，我就沒有留在世上……沒有留在大輔哥身邊的理由了。但是我……喜歡鹿鳴，喜歡大輔哥你的每個朋友，召南大哥、心蓓姊、工作室的夥伴，我也喜歡這個世界，喜歡大輔哥的家，喜歡和大輔哥每天走的那段石子路，喜歡我們常去包便當的那間自助餐店。

我喜歡和你擠一張床的日子，喜歡做早餐給你吃時你臉上的笑容，喜歡你看一〇一煙火時，那種像作夢孩子一般的神情。

我也最喜歡大輔哥這個人，身體也好、長相也好、講話方式也好、擅長忍耐的個性也好……這些我全都喜歡。」

小雅的直白讓大輔耳根一陣陣發熱，小雅握著手裡最後的殘書，又說：「……我不該這樣的，我不是這世上的人，能像這樣和大輔哥相遇、相知、相愛，我已經很幸運了，但我現在卻期望更多。」

他仰起頭，大輔終究在他的眼眸裡看見本不屬於書精的淚光。

「……我想留在這裡，高大輔，我想為了你留下來。」

大輔沒有說話，他只是忽然向前，雙手摟住書精的背脊。

小雅淚痕未乾，但他也攫住大輔的後腦杓，接下大輔此生最熱情的獻吻。

兩人揉著彼此的身體，吮吸彼此的氧氣，不知道是誰先脫了上衣，而後是褲子、內衣。

鹿鳴的鐵捲門已拉下，深夜時分的師大商圈靜無人煙，只有男人此起彼落的喘息聲。

大輔吻著小雅的臉、小雅的下頷、小雅的喉結，一路吻下他的胸腹，最終被小雅拉倒在早已落了一地的書堆上。

小雅覆在他身上，兩人體溫都高得驚人，小雅骨感的指尖觸在大輔鼻頭，像著了火。

兩人下身緊貼，小雅下身的狀態讓大輔完全感覺不到他躺了兩個月，處在營養不良、瀕臨死亡的狀態。

而大輔清楚感覺自己和巨型書籤相觸的地方也同樣生意盎然、繁花遍地。

「在我……失去理智之前，我要先跟你說。」

小雅喘著息說：「我……剛吃了你的書，真的很好吃。不是客套話，是真心這麼說。」

他吻上大輔的頸窩，撫著他的眼角。

「但是對我來說還不夠。大輔，我吃得出來，你還能再寫出更好吃的書、更多創作。所以大輔哥，你不要放棄，就算我暫時不在了，你也要持續地寫、不斷地寫，寫滿能養我一輩子的量都無妨。

你要相信，總有一天，我一定會回來。

我會回來吃高大輔寫的書，不論多久、不論多難……」

大輔已經聽不見小雅接下來的話了，書精的話如同海浪一般，沖擊他的心房，而書精的慾望也如同狂風暴雨，襲捲了大輔所有感官。

大輔彷彿跌落海裡的人一般，只能呻吟和掙扎。

只是這回溺死他的不是水，而是滿室的書香。

和小雅道別的那天晚上，大輔迷失在無邊的書海裡。

從此再也回不來了。

春天來了。

這些年來，女孩專心鑽研與花相關的事業。

女孩的花攤在都市裡遠近馳名，許多人會向女孩買花，來度過人生中各種重要的時刻。

有人在女孩的花攤前買了花，直接向女友求婚。

有人向女孩買了一大束玫瑰，在轉角向妻子道歉，換得原諒。

有人掏錢買了十朵向日葵，說是要帶到醫院，鼓勵要動癌症手術的友人。

有人買了康乃馨要慶祝母親節；有人買了桔梗，要祝賀學生順利考上理想的學校；有個少年買了一大束鬱金香，再回送給女孩，說是愛上女孩的美好，想表達他內心的熱情。

女孩漸漸明白，花這樣的東西，確實不能當飯吃。

但是人活在世上，有除了吃飯以外更重要的事情。

女孩懷抱著這些覺悟，在城市裡不斷賣著花。

花攤經營的規模也越來越大，從只是回收場的拖車到固定攤位。一年前，女孩買下了當年屬於男孩的花店，重新開張做生意。

女孩和母親的生活也漸漸改善。賣花有了收入，她和母親在都市裡租了間套房，不再需要棲身在那間小鐵皮屋裡。

女孩甚至以低廉的價格買下了回收場後面的地。現在，女孩是名副其實的花園主人了。

女孩種花、澆花、照顧花、梳理花、賣花，日復一日，年復一年。

女孩逐漸長大，年華老去，當中不乏追求者，母親也勸她，應該早點找個值得信賴的男孩託付終生，否則總有一天會寂寞終老。

但女孩始終沒有。

女孩也並不感到寂寞，她守著那些花，看到每朵花成長，彷彿都能從中窺見男孩的身影，看見他送的每一束花，從中思索男孩的心意。

年紀越大，思考得越多，女孩就越明白男孩出現在她面前的意義。

唯一的遺憾是，女孩想向他道謝，當面道謝。

但男孩已經哪裡都不存在了。

不知從什麼時候開始，女孩都會在生日那天，整理一大束五顏六色的當季花朵，放在花店門口的拖車上。阿勃勒、繡球花、桐花、山櫻花、山桃花，女孩的生日在春季，最是繁花盛開時。

花束吸引過路人的目光，但總沒人去觸碰，女孩總是在隔日花束凋零時，默默把花朵撿拾收回，送回花園當堆肥。

某年的春天，女孩照例把花束插到拖車上。

她看著那些嬌豔欲滴的花兒，輕嘆了口氣。

她其實比任何人都清楚，她的作為毫無意義。不管她插再多花，男孩都不會來吃。

男孩已經完成了他的使命。現在走在都市裡，到處都看得見抱著花，露出滿足神情的人們，都市裡滿布著花園，四季都飄散著花香。

女孩終於明白，男孩並不是消失了。

男孩化成了那些花。男孩的眼睛化成了花蕊，嘴唇化成花萼，手腳化成了花莖，腸胃化作花根。而男孩的心臟化成了五顏六色的花瓣，隨著花朵綻放，鮮明地在她眼前跳動著。

他並不存在，卻也無處不在。

女孩看著眼前的花束，終於流著淚露出笑容。

「歡迎回來，小雅。」

尾聲

「店長！您到底要磨蹭到什麼時候？我們不等你了喔！」

小仙女田心蓓盛裝站在獨立書店「鹿鳴」門口，朝著店門大喊。

鹿鳴剛結束十二週年慶，海報和帆布條都尚未拆去，一向淡雅的獨立書店，此刻洋溢著難得的喜慶氣息。

五年來，實體書市一年比一年式微，專賣電子書的電商則如雨後春筍般接二連三浮上檯面。

但如高知彰所說，實體書的實用價值縱然消失，對獨立書店而言，反而是品牌的重塑。

最近採訪鹿鳴的雜誌記者越來越多，還有網紅 YouTuber 特地來鹿鳴拍攝特輯，前些日子，大輔甚至收到OTT平台節目邀約，要大輔協助錄製台灣獨立書店巡禮特輯。

盈餘方面，大輔還是只能勉力維持無赤字狀態，畢竟許多人會來逛獨立書店，但不見得會買書。

兩年前，大輔和當年占走一樓的咖啡館達成協議，嘗試書店與咖啡館複合式經營。由鹿鳴將書架搬入咖啡館中，客人在喝咖啡之餘，如果對架上的書有興趣，都可以自由取下翻閱，徜徉在書香與咖啡香的雙重享受中。

在安排書架進駐時，鹿鳴店長向咖啡館提了個要求。

「面對門口那個書架的第二層，可以只放我指定的書嗎？」

咖啡館負責人雖然不明所以，但鹿鳴店長在交涉時，那種快哭出來般的眼神震懾了他，讓他不自覺地同意了店長的提議。

「抱歉，再等我一下。」

大輔穿著厚重的大衣，往兩手哈氣，慎而重之地把手上的書放到面對門口，正中央的書架上。

書架上已然放著整排的書。從最早的《又不能當飯吃》，到續集《又不能當飯吃之拯救花店大作戰》、《又不能當飯吃之總裁婚禮》，還有整排像是《書報攤的祕密》、《仙女，你掉的是羽毛衣還是羽毛筆？》和《網咖三六五日生存日記》此類看名字看不出所以然的書。

而這些書唯一的共通點，就是在書脊下方都寫了同樣的文字。

「高大輔　著」。

大輔把最新一本《等一個吃花的人》放到那排書旁邊。他凝望著那些書籍，怔怔站了許久。

小仙女走到他身邊，沒好氣地雙手插腰，卻又禁不住嘆息。

「店長還在等他啊。」田心蓓說：「不是跟店長說過很多次了，那種上完了就跑的負心漢，早點忘了才是正解，明明店長行情還很好啊！」

大輔苦笑了下。

小雅的事，他終究沒能跟高知彰以外的其他人說。

這麼多年來，包括白華在內，所有人都認為小雅不告而別，和當年大輔的父親一樣。

小仙女她們還自行編了個故事，什麼書店店長被總裁始亂終棄後，遇上年輕一輪的店員，和他墜入愛河，沒想到對方吃乾抹淨就人間蒸發的史詩級悲劇，之後羽毛筆女孩們看大輔的眼光中都帶著滿滿的憐憫。

「店長就這麼相信他嗎？會回來什麼的。」小仙女在一旁嘟嘴。

「嗯。」大輔望著那整排的實體書，輕聲低喃：「他會的。」

今晚是大輔新書緊急加印的慶功宴，兼之小仙女的獲獎慶祝會。

大輔認識的業界人士幾乎都出席了，包括老友高知彰，現在已經是召南出版社的總編輯，也包括白樺工作室的樂澄，這些年樂澄幾乎是他的行銷顧問，和他交流頻繁，當然還有羽毛筆工作室的女孩們。

高知彰率先舉起熱炒店的啤酒杯。

「咳，那麼，就讓我們舉杯，祝賀田老師的《花吃外傳：鬱金花妖的逆襲》初版兩千冊完售，還有《機器人與不良少年》獲得青年漫畫創作獎金獎。」

相比於大輔的逆水行舟，當年《花吃》出版後，田心蓓完全是一飛沖天的狀態。

繼漫畫第一集大賣後，羽毛筆工作室又連續推出了兩集續集、三集外傳，在漫畫網「D.D.D.」上的連載也大發利市，大輔幾次上去關心，《花吃》都高高掛在排行榜第一名。

田心蓓不得已，只得辭去鹿鳴書店的工作，專心在繪畫上，大輔也誠心祝福。

而今年一月，田心蓓勇奪最高獎金三十萬元的青年漫畫家金獎，一時間聲名大噪。得獎的那部漫畫，還是根據田心蓓十年前的漫畫原案改編的。

「就是那部被田伯父撕掉的作品。」婦肩笑著說。

田心蓓的父母從完全不支持女兒走這條路，到現在逢人就說女兒是漫畫家，還到處推銷小仙女的作品。

據說她父親一口氣就買了一百本，到處分送給親戚。

「得獎的事情被新聞報出來後，田伯父高興得要命，說是一定要請我和婦肩吃飯，謝謝我們支持她女兒繼續創作，態度判若兩人呢！」惡魔貓女說。

「那個，別淨說我的事了。」小仙女一如往常容易害羞。「今天也是店長的慶祝會，妳們別忘了。」

相比小仙女的發光發熱，五年來，大輔的創作之路遭遇不少挫折，和情路的坎坷程度有得拚。

例如處女作《又不能當飯吃》雖然搭遊戲風潮，銷量頗為可觀，還再版了兩次，但那終究是和遊戲綑綁行銷的成果，之後大輔用了一年半心血再出的新作乏人問津，庫存堆到大輔都想燒稿子，再召喚一個小雅出來的地步。

好在後來大輔接受高知彰的建議，利用「花吃」的熱度，再出了《又不能當飯吃》續集，描述花店老闆夫妻在N年後，因為周邊開發和連鎖商店入駐，花店面臨經營危機，不得不展開各種行銷手段拯救花店的故事。

由於故事內容大部分源自大輔的真實經歷，格外引發共鳴。

白樺工作室也兩肋插刀，下重本替他的書宣傳行銷。

漸漸地，大輔也累積了一批忠實讀者，再之後出的書銷量逐漸回穩，雖然稱不上暢銷作家，也達不到第一本書的銷量，至少不用再看到召南工作室的夥伴到處跟人借地方擺庫存。

且無論銷量再怎麼高低起伏、書的評價再如何糟糕，大輔都不曾停筆過。

因為他知道，自己有非寫不可的理由。

他得拚命寫、用心寫、不停寫，寫出足夠的創作、更多的書籍。為了有朝一日，把它們當飯吃的那個人。

「《等一個吃花的人》銷量很不錯，第一次初版就賣掉六成，大輔，你也終於成為艾涅爾了啊！」高知彰笑著說。

大輔忙舉杯回敬眾人，高知彰的夥伴又叫了一手啤酒，還說什麼高知彰的胃沒辦法多喝，得讓大輔幫忙喝夠本。

大輔向來不擅長拒絕別人，幾杯黃湯下肚，心情也變得飄忽起來。

他和田心蓓大聊創作經，又聽高知彰抱怨現在電子書大舉入侵實體書市的困境，還發表了一通實體書才是王道的理論。

中場連樂澄都坐到他身邊，抓著大輔袖子哭訴。

「嗚嗚，大輔哥，我真的不懂白老師在想什麼！」

樂澄哭著，又白又圓的臉蛋隨五官縮成一條線，大輔覺得他越來越像杯麵本麵了。

「明明眼睛都快看不見的人，竟然半夜說要帶我去山上看夜景，靠北最好他看得到啦！而我竟然就這麼傻傻地跟著他去，結果回程沒注意腳步摔到山溝裡，住院住了一星期……都講幾百次了叫他不可以自己出門，他還是一天到晚偷偷騎腳踏車出去，有次還騎去鹿鳴找你。我找到他的時候，一輛大卡車就從他車尾掠過，嚇到我三魂七魄都丟了一半……

嗚……大輔哥……當年你到底怎麼忍受這個不知道體諒別人心情、無腦浪漫又生活白痴的巨嬰？嗚嗚，你好偉大，來，我敬你一杯……」

一群人一直鬧到深夜時分才逐漸散去，最後只剩下他和高知彰。

大輔目送喝得爛醉的女孩們上了樂澄的車，和不喝酒的高知彰並肩走出熱炒店。

「所以，小書精還是沒消沒息？」高知彰忽問。

大輔微微一顫，但他很快強作鎮定道：「……嗯。」

「這樣。」高知彰嘆息。「本來還抱持著萬一的希望，想說他會不會是書蠹基因突變成人形，但看來，他真的是什麼超出我們理解的存在。」

大輔倒是愣了下：「你不是說他是我創作的化身嗎？還講了那個酒神的故事。」

「喔，那個啊。」高知彰摸摸鼻子。「我隨便編的啦！那時看你很煩惱，想說講些故事來讓你安心。繆思女神根本沒那種傳說，再說這裡是台灣，希臘神沒事也不會跑來這吧。」

大輔不禁啞然，但高知彰說得沒錯，他當時太過憂心，害怕小雅會不聲不響消失在他面前，只要能確認他的存在，再荒唐的謊言，大輔都願意相信。

雖然他害怕的事情終究還是發生了。

那年春天，大輔把初版的《又不能當飯吃》給小雅吃完後，就在書庫裡和小雅進行了靈魂與肉體的深度交流。

而被整治得筋疲力盡的大輔，就這樣在書堆裡沉沉睡去。

再醒來時，小雅已經哪裡都不見蹤影。

他贈給小雅的衣物就蓋在他赤裸的胴體上。那本《又不能當飯吃》則被吃得只剩下版權頁的一角，就擱在他腳邊。

曾經有段時間，大輔沒有任何感覺。

他如往常一樣起床、吃飯，到鹿鳴開店，上架新書、下架庫存、整理報表、結帳、清理店面，回家洗澡、睡覺。

他也曾在某一個時間點，跪倒在鹿鳴日益空蕩的書庫裡，因為悲傷和思念不能自己，痛哭失聲。

而五年後的如今，四十歲的大輔除了在整理一樓正面的書架，也是當年小雅偷書被發現的那個書架時，眼角會閃過一抹酸澀外，其餘的情緒似乎都隨著一本又一本書籍誕生，轉化成另一種形態。

時至今日，大輔內心深處也明白，他的小書精，只怕是再也不會回來了。

就像小雅親口說的，他已經完成使命。

他本是不屬於這世間之物，只是回去原來的地方。

但大輔知道，小雅始終還活在某處，活在某本書裡。或許在某個書店深處、某個印刷廠內，也興許就在他每日寫下的文字裡。

有時夜闌人靜，大輔寫得特別投入時，會忽然感覺到有雙眼睛從某處溫柔地注視著他。

這時他總會對著空氣呢喃：「嗨，歡迎回來，小雅。」

「……你能想開，那是最好的了。」

高知彰彷彿知他所思，拍拍他的背脊。

「我還等著編輯你下一本書呢，加油吧！雖然不能成為你等待的那個人，沒辦法，我無法放棄跟巨乳貓娘結婚的夢想，但我會一直陪在你身邊的。」

大輔微微一笑道：「謝謝你，小高。」

大輔一個人回到鹿鳴，他拉開通往地下一樓的鐵門，獨自進了書庫，把今天剛下架的庫存書排列整齊、登上書目，方便明天出版社的人取回。

他整理整理著，書堆上落下一本《我被最想挖鼻孔的男人給挖了鼻孔》，還是第八集。

大輔不禁莞爾。他記得這本書，是當年小雅竊取的那七本書之一。

當年小仙女把這本書列進建議進貨書單時，大輔還想著怎麼有人會想看這種肖書。

但沒想到這本漫畫後來賣得跟挖金礦一樣，年年登上鹿鳴漫畫類銷售排行榜首，還一路出到第八集，讓大輔感嘆自己真是老了。

他把那本《我被最想挖鼻孔的男人給挖了鼻孔8》放回書堆上，忽然聽見上頭傳來輕微的聲響。

大輔一怔，現在是深夜兩點，一樓咖啡館的人應該早打烊了。小仙女她們都是爛醉狀態，也不太可能現在還跑來鹿鳴。

大輔心跳微微加速，但他仍不敢有所期待。

那個人剛消失的那段日子，大輔整天都有幻聽，聽見後院有聲響，就丟下客人衝出去。待衝到後院，才發現只是隻路過的野貓，讓他一整個下午失魂落魄。

他解下身上的圍裙，握著扶手，緩緩爬上二樓。越是靠近，那聲響就越清晰。

那是人的腳步聲。

大輔確信自己不會聽錯，腳步聲極輕，彷彿怕被人察覺，連呼吸聲都壓抑著。似來偷書的人一般。

大輔再也按捺不住，他三兩步衝上樓梯，打開通往咖啡館的玻璃門。

風鈴發出堪稱粗暴的凌亂聲響，大輔看見書架前的人聞聲回過頭來，對著闖入的大輔露出笑容。

那是個看上去十五、六歲的少年，一如大輔初見少年時的模樣。

少年赤裸著雙足，身上只裹著一條單薄的毯子，彷彿剛從什麼地方浴火重生，連頭髮都短得清爽。

他眼神深邃，笑容淡雅。

「我好像又縮水了。真糟糕，要變回能好好疼愛大輔哥的模樣，好像得趕快吃點東西才行。」

少年回過頭，凝視著大輔擺在正中央書架上的那排書，無視激動得熱淚盈目的大輔，伸手拿下最左側那本《又不能當飯吃》。

「我餓了，大輔哥……我現在能一口氣吃光它們嗎？」

✎✎✎✎

花店門口的風鈴傳出「叮鈴」的聲響。

女孩正奇怪都要閉店了，怎麼還會有客人來光顧，忙穿著圍裙回過身。

「歡迎光臨！客人今天要買什麼花……」

女孩話到半途，便無語凝噎。

走進來的，是個男孩。

男孩的眉目似曾相識，由於實在太久沒見，女孩不敢確定是不是她等著的那個人。

但女孩很快看見，男孩的手上抱著那束女孩插在拖車上的花。

「抱歉，我不是來買花的。」

男孩說，他抱著花束，笑容溫暖，走近雙眸已然被淚水模糊的女孩。

「我只是想問……妳插在門口的那束花看起來很好吃。我現在餓壞了，可以讓我當飯吃嗎？」

番外篇　不可攻略角色

白樂澄其實很早就知道高大輔這個人。

一切都源自於他的萬年損友白華，他與白華是高中同學，也是ACG研究社的社長與副社長。

白華外型出眾，身高又高，身材堪稱完美，雖說個性內向了點，被男同學稱作怪人，但頗受女性歡迎。

不少學妹為了白華追看海賊王和柯南，再自稱很宅，藉以吸引白華注意。

反觀白樂澄，當時雖還沒那麼杯麵，但也不是能歸類在「帥」的類型。

多數人都稱呼他們「雙白」，親近的人則戲稱白華為「國王陛下」，稱呼白樂澄為「軍師」。兩人走在一起時，目光大多會投到白華身上，這也讓白樂澄能心安理得地躲在他喜歡的陰影裡，安穩度過他的學生生涯。

畢業之後，兩人依舊是死黨。

雙白都對遊戲特別感興趣，從大學時代就開始自製遊戲，白樂澄自學程式；白華負責劇本，也因此認識了許多臭味相投的朋友，組成了「防止膝蓋中箭聯盟」。

聯盟的成員多數是文創愛好者，有作家、漫畫家、出版社編輯、翻譯家，也有舞台劇的導演，甚至有配音員。

這聯盟持續了十多年，有人加入，也有人成家立業、有了孩子，便淡出了。

即使白華和聯盟裡的女王張凱潔閃電結婚，有了女兒，又閃電被離婚，白樂澄也依舊待在白華身邊，始終是白華遇到問題時第一個相談的對象。

白華離婚後的某一天忽然約他出來吃飯，請他吃了瓦城。

「澄哥，我想約一個網友見面，你覺得該怎麼做？」他問他。

白樂澄一愣道：「網友……？」

白華說他是在專門連載小說的網站上認識對方的，對方筆名「大斧」，寫的是羅曼史文藝小說。白華當時已是小有名氣的遊戲劇本家，筆名「白樺」，做的素人遊戲在網路上廣受好評，有「白神」之稱。

白樂澄一直推坑他寫戀愛ＡＶＧ遊戲劇本，但白華總說沒興趣，白樂澄推薦當時有名的日系戀愛遊戲給他，白華也意興闌珊。

白華還指著女主角家附近的咖啡店員問他：「澄哥，為什麼我不能追這個角色？」

「他又不是可攻略角色，只是個ＮＰＣ，當然不能追啊！」

「為何？女主角今天看見哪個人、對哪個人產生感情又不是她能控制的。而且這樣店員不是很可憐嗎？明明每天都和女主角見面，是女主角最熟悉的人，卻一開始就失去被愛的資格。」

姑且不論白華對AVG遊戲的誤解，白樂澄特地上網看過那個「大斧」的小說，想說到底是何方神聖，能讓遊戲界大神白樺如此傾心。

……但實際讀了之後其實還好，白樂澄覺得平心而論文筆不錯，但看得出來是新手，情節編排也很生澀，完全不明白他家王者看上這個作家哪一點。

「那就約啊！都什麼時代了，見網友又不是什麼罕事？」白樂澄問。

「就是約不出來啊！我不知道都發幾次私訊了，都被他打槍。」

白華嘆著氣，表情活像青春期少年。

「我有用網站的私訊系統私他，他都要幾個小時或隔天才回。每次我問他：『要出來吃個飯嗎？』他都說工作太忙，不然就說身體不舒服，我還用書展、同人誌活動之類的釣過，但他都說自己不愛人多的地方。」

白華說：「明明他住師大那附近，離我家超近的，年齡也只比我小一點，唉，感覺是能變成好朋友的啊！」

「你沒跟他交換過私人聯絡方式嗎？」白樂澄問。

「我有問過他電子郵件，但他說不方便給。」

「那你怎麼會知道他的名字，還有住處和年齡？」白樂澄好奇。

「他專欄ＩＤ是『Kao740106』，我就猜他會不會姓高，生日是民國七十四年一月六日之類的，加上他小說主角也是摩羯座，那就更肯定了。還有他很少描寫故事裡的角色騎車或開車，不會意識到移動距離的問題，符合七〇年代後出生台北人編故事時的特徵，所以我想他應該是二十多歲的土生土長台北人。」

白華淘淘不絕地說著。

「他在留言裡說過一次自己常去黑鹿洞租小說回來看，全台北黑鹿洞沒幾間，我就全部跑了一遍，假裝幫很久沒去的朋友問餘額，因為我報得出他的出生年月日和姓，大多數店員都相信我真是他朋友。後來查到一位『高大輔』，剛好他筆名是『大斧』，就幾乎確定了。」

白華說得雙眼放光，無視白樂澄在一旁毛骨悚然。

「對了，那間店在師大附近，所以我才知道他住師大。我後來就每天去那間黑鹿洞門口，大概等了一個星期左右吧？終於有人報『高大輔』的名字借書。他意外的很高呢！長得也挺帥的。」

「……慢著，那網友是男的？」

白樂澄睜大眼，以他閱讀「大斧」作品的感覺，他一直以為那人絕對是女孩子。

「嗯，是男的啊，我在留言版上就有問過他了。」白華若無其事地說。

白樂澄實在搞不懂老友的腦迴路，其實他也懷疑過白華是GAY，但他卻在將過三十大關時忽然和女人結了婚，還生了孩子。

而當他覺得老友是個直男時，他又以近乎跟蹤狂的態勢追著一個連面都沒見過的男性網友。

「留言激他呢？」

看著哀聲嘆氣的老友，白樂澄只好善盡軍師職責，出謀策劃。

「看你的留言內容，你幾乎都在稱讚他吧？這人的文這麼冷，卻從來不曾四處宣傳，好像也沒到別人專欄留言，感覺應該滿自視甚高，就是那種看上去很謙虛，但其實內心有一塊聖域的類型。」

他撫著下頷沉吟：「你試著批評他看看？搞不好他就願意出面跟你吵了。」

白樂澄也不知自己策略奏效與否，但總之過了約莫半年，白華帶著一名高大、長相清秀、性格略顯畏縮的男性，出席「防止膝蓋中箭聯盟」的聚會時，白樂澄便知道，他這軍師再一次發揮功用了。

「這是高大輔，是名網路作家。」白華介紹著。

白樂澄看那男人臉上一紅，連忙搖著手說：「不，我不是什麼作家，就是發文寫著玩的而已，我、我不是那塊料。」

白樂澄看白華相當照顧他，讓他坐在靠裡的位置，耐心地替他解說菜單，看高大輔緊張，還替他向服務生要了杯水，不禁納罕。

「我是樂澄，你可以叫我杯麵，就是最近很紅的那部電影。」

「杯麵？」高大男性怔了怔，白樂澄以為白華聊得來的人應該會跟他一樣，是個沉迷於二次元的阿宅，但看來他有所誤解。

「大輔喜歡文學，他是村上春樹的書迷，還特別喜歡珍．奧斯汀的書。」

白樂澄「喔」了聲，令他意外的倒非高大輔的興趣，而是老友會插話這件事，感覺就是在替這男人解圍，這以不會讀空氣 Level 10 的老友來說實屬罕見。

那之後高大輔也一直插不進話，聯盟成員聊得酒酣耳熱，從冬季新番聊到 Steam 上的新遊戲，高大輔卻從頭到尾縮在白華身後，像棵被雷擊中的枯樹。

白樂澄怕他尷尬，找些文學的話題和他說，但高大輔也像是工作面試一樣，問一句答一句。

白樂澄問他：「你喜歡村上春樹嗎？」

高大輔就答：「嗯，喜歡。」

白樂澄問他：「那你最喜歡他的哪一本書？」

高大輔回答：「《世界末日與冷酷異境》。」

白樂澄說：「那本書我也有看！我很喜歡裡面『牆』的意象，感覺好像阻隔二次元和三次元世界的隱喻一樣，你不覺得嗎？」

高大輔：「嗯。」

到後來白樂澄也敗給這位句點王。即使和自己的交友圈如此格格不入，白華還是樂此不疲，聚餐也好、參與活動也好，就連夜排喜歡的遊戲都會帶著這個安靜畏縮的男人。

白樂澄心中有不祥的預感，果然某一天，白華再度憂心忡忡地約他出來吃飯，這回是請吃貝里尼。

「澄哥，我想跟大輔告白，你覺得好嗎？」他問他。

已經親暱到叫起「大輔」了，白樂澄心思紊亂地想，記得前一陣子還叫他「高先生」的，他偷瞧了白華一眼。

「你是GAY嗎？不對，你跟凱潔生過孩子，那你是雙性戀？」他問。

「我也不知道，我以前也以為我沒辦法喜歡男的，直到遇上大輔。」白華嘆氣。

「那他呢？他喜歡男的嗎？」

「我也不是很確定，他從來不講自己的性取向，我們在一起大多聊小說，也很難聊到這方面。」

白樂澄瞪大眼睛說：「你沒弄清楚這點就想跟他告白嗎？萬一他不喜歡男性，你這一出櫃，你們不就連朋友都當不成了嗎？」

白華顯得苦惱萬分：「但我擔心再不告白，就來不及了啊！」

「來不及……？」

「嗯，大輔他……最近忽然不連載小說了，說是遇到瓶頸，我再怎麼留言稱讚他都沒用。我是真的很喜歡他的小說，覺得他很有潛力，我好怕他就這樣不寫了，要是他在這裡放棄，那篇小說可能永遠都沒有結局。我已經追了這麼久的連載，也是他唯一的讀者……」

「慢著，等一下。」白樂澄打斷他。「你到底是想追完他的小說，還是想追他？追作者本人？」

白華聞言竟愣了一下，好像是頭一回思索這個問題。

「我想看到那篇小說完結，真的很想看到，但我也不想再也見不到他，如果沒了作者和讀者的關係，我有預感，他可能再也不會願意親近我。」

「……所以你想跟高大輔保持關係，直到他把坑填平？」

「不！不是這樣子！」白華有些著急。「我……很喜歡跟他相處的感覺。他很安靜，但即使跟他聊他沒興趣的話題，像是遊戲經什麼的，他也會靜靜聽著我說，跟他在一起沒有壓力，隨時隨地都很舒服，能夠做我自己。」

白樂澄長嘆一聲：「那對方呢？你有感覺他喜歡你嗎？」

「我也不知道，但他總陪著我參加那些聚會，儘管感覺得出他很不耐煩，但最後都還是會妥協。」白華說。

很可能只是不擅長拒絕別人而已……白樂澄心想。

他正想替老友的情竇初開點個佛燈，委婉勸他放下屠刀，立地回直時，又聽見白華開口。

「不過，他有時候會忽然盯著我的臉，我和他視線對上時他還會臉紅。還有，上次我們一起夜排，他忽然趁我睡著時親了我一下，嘴對嘴的那種……這樣算有喜歡我嗎，澄哥？」

白樂澄深吸了口氣。

「笨蛋！馬上去跟高大輔告白！快去！」

令人擔心的白國王帶著他的高皇后再次出現在聯盟聚會，而白樂澄發現他們相偕離去時偷偷勾著兩手十指，差不多是那過後半年的事情。

對外兩人還是宣稱是普通朋友，白華說高大輔臉皮薄，不喜歡在陌生人前出櫃。

白華還說想和高大輔同居，這讓軍師兼保母的白樂澄十分憂心。

他曾短暫當過白華的室友，但沒過三個月就嚇到吃手手，只因這人完全沒有獨立生活的技能，包括會把鋼杯放進微波爐裡加熱、把裝著紙類文件的包包丟進洗衣機裡清洗。

且這還是不創作的時候，一但投入劇本寫作，白華就像被惡靈上身一般，會沒日沒夜地窩在小黑屋中，除了洗澡和上廁所幾乎不吃不喝、不眠不休，靈感來了還會康斯坦汀一樣地大叫，白樂澄都不知道去隔壁道歉過幾次了。

這樣的人，現在卻說要和男朋友同居、要照顧別人一輩子。

他本來以為高大輔沒過三個月，就會哭著逃出被炸掉的愛巢。

但沒想到一個月過去，兩個月過去，半年過去，一年過去，白華依然會在聚會時和高大輔相偕出席再攜手離去。

高大輔明顯開朗許多，連白華都胖了不少，白樂澄從沒想過像白華這樣的人也能幸福肥。

某次白華邀請他去新居，那兩人合租了兩房一廳的套房，就在師大夜市附近。

室內比想像中整潔，家具相當精簡，落地窗旁有張大餐桌，上頭各據一角地擺著兩台筆電，向陽的白牆上擺著醒目的杉木書架，也是東西各擺了一座，從書目就一目了然是誰的圖書。

令白樂澄覺得最意外的是廚房，廚房整理得相當整潔，瓦斯爐上還擱著鍋熱湯，熱騰騰地冒著蒸氣，而他認識的白華陛下向來君子遠庖廚。

「大輔手藝很好，他說他很早就搬出來自己住。」

白華喜不自勝地喝著男友烹煮的湯，白樂澄也嚐了，就是通常家常菜的水準，算不上驚豔，但比起白華確實已是米其林等級。

以前白華獨居時，白樂澄三不五十就會去他租屋處替他收拾垃圾、偵測他的生命跡象，順道確認鹽和洗衣粉沒放錯，偶爾也會下廚做幾道料理。

但現在看來，白華已經不需要他這軍師兼作廚師了。這樣也好。

「你和他分房睡嗎？」白樂澄見兩間房間各擺一張床，有些納罕。

白華笑說：「當然啊，我和凱潔也是分房睡。」

白樂澄本來想兒孫自有兒孫福，白華交了男友、有了全新的人生，他只要默默在背後祝福他就好了。別人的房事，他一個母單宅男也管不著。

「澄哥！你這次一定要幫幫我！」

但過沒多久，他的國王陛下又再度來找他吃飯，這次是一番地壽喜燒。

「嗯，怎麼了？」一回生，二回熟，白樂澄這回已然可以處驚不變，還能抽空喝口啤酒。

「要怎麼樣做，才能讓男人被插入時不會痛？」

白樂澄口裡的啤酒噴出來。

他忙擦拭唇邊鬍碴，慌忙看了看周遭，好在沒有人注意到他倆。

「為、為什麼現在才問這個問題？」白樂澄問他：「……你和他，不是同居超過一年了嗎？」

「一年七個月。」白華嘆氣。「因為大輔不是很能接受那種事，我就想說慢慢來。」

白樂澄斟了滿滿一杯啤酒給老友，白華接過，一口飲盡。

「最近他……總算稍微接受我一點了，接吻也從一個月一次進展到每週一次，也願意偶爾跟我一起洗澡，讓我看他的裸體。所以我就趁著他心情好，他喜歡的作者出新書那天，對他提出請求。」

白華懊惱地搔著頭。

「他沒有拒絕我，只是看得出來他臉色很難看，但我不想放棄這機會，還是試著做了。我做了很多準備，真的很多，還看了書、看了影片、問了一堆人，但我才把手指放進……」

「……STOP，可以不用到這麼詳細沒關係。」

白樂澄拿手帕擦了下汗，隔壁那桌女生已經時不時往他們瞄了。

「總之，我還沒有真的做下去，大輔就哭了，哭得超可憐，說他會痛、說他沒辦法接受這些。那還罷了，不做就不做，我對那方面也不是那麼熱衷。」

白華嘆息：「但從那以後大輔就一直躲著我，去年尾他從朋友那裡頂了間書店，每天都早出晚歸，我連話都沒辦法跟他說上半句，我問他那個作品的進度，他都說沒有靈感。」

白華把杯中的殘酒一飲而盡。

「怎麼辦，樂澄？他會不會真的不寫了？我會不會再也看不到那篇文章的結局？」

白樂澄得承認，當時他確實懷抱私心。

也可能是老友談及的床笫之私某些方面刺激到他的神經，他對苦惱至極的國王陛下提出了這樣的建議。

「從你開始影響他呢？」他說：「你是他現在最親近的人，如果你更努力創作的話，他也會有樣學樣的。」

他先前便曾向白華提出，要設立「白樺」名義的個人工作室。

這樣不但做出來的遊戲版權有所歸依，報稅和法遵有個對口，也方便做行銷宣傳、累積知名度，但白華一直嫌麻煩。

現在搭了大輔的便船，總算換得大劇本家的首肯，白樂澄說實在心情複雜，但也不得不緊抓這個機會。

「白樺工作室」在白樂澄一手促成下，在經歷繁複的成立手續後，在某年夏天盛大揭幕。

白樂澄還租了白華愛巢附近的套房當工作室，好讓晚起低血壓的白華能準時出席每場會議。

「我想出個戀愛向的手機遊戲，以工作室的名義。」白樂澄提出他的企畫。

白華立時否決：「我才不要，你不是答應過了，白樺工作室第一個遊戲要是奇幻史詩即時戰鬥制的遊戲嗎？」

白樂澄知道老友向來喜歡西方奇幻，所謂 Fantasy。魔戒、龍槍編年史、星戰系列都是白華的摯愛，他尤其喜歡冰與火之歌系列，一直嚷著要寫出中世紀古風權謀鬥智的劇本。

「之前以你個人名義在 Steam 上架的『槍嵐之歌』，下載情況並不理想。」

身為工作室實質負責人兼大股東，白樂澄只能說實話。

「而且那遊戲還是免費的，只做了置入性廣告。如果要上線做手遊，就得有吸引人課金的元素，否則工作室沒辦法賺錢。」

白華喃喃說：「錢……就這麼重要嗎？」

「沒錢就付不出繪師費用、繳不起工作室租金，而且寫程式的軟體也需要付年費，平台也有上架費，還有 Debug、音樂、封測伺服器費、電費和網路費，就算程式部分我全部自己來，『槍嵐之歌』一年也燒了將近八十萬。」

白樂澄嚴肅地說著，他又循循善誘。

「我們可以同步進行，一面寫你喜歡的奇幻故事，一面也做戀愛手遊，手遊賺的錢可以拿來填補其他虧損，這樣一舉兩得，你覺得如何？」

「我沒辦法同時寫兩種劇本，就算行，寫出來品質也不好，不如不做。」

但白華沒有妥協，他傾身向前，用白樂澄熟悉的，當時還一無雜質的眼睛直視他。

「澄哥，我知道你想推廣我們的作品，但是為了錢放棄理想，這種事情我做不來。而且你不是說讓大輔看見我的意氣，可能讓他重拾創作嗎？那我自己得先有所堅持才行。」

白樂澄向來拗不過他的老友，在經過來往數次的商議後，決定將原本的「槍嵐之歌」稍做改變，將原本只有六章的劇本擴寫成十二章節，先上載其中三章做封測，試試水溫。

遊戲上線遠比想像中困難，首先是人手不足。

白樂澄請了幾位能接受低薪高工時的朋友做 Part Time，幫忙管理伺服器，自己一手包辦設計、3D模組、AD統籌、程式流程和測試抓蟲。

白華主筆所有文字劇本，從粗鋼、細綱、校稿到對白排程。作畫和音樂則全數以外包方式進行，能省錢盡量省錢。

他們窮到沒錢請行政，金融和法遵也都是白樂澄一個人跑。即使如此，資金也很快就見了底。

主責的AD先承受不住高工時低薪資，旗下師傅也跑的跑、跳槽的跳槽，本來三個月的交期拖到半年，工作室只得自掏腰包，再外包請繪師填補這個大洞。

白華固然是壓力山大，整個人瘦了三圈；白樂澄也因為壓力過大，暴飲暴食，遊戲還未上線，白樂澄已從微胖成了隻躺著都會腰痠背痛的 Baymax。

「你和高先生吵架了嗎……？」

某次白樂澄在深夜兩點回到工作室，本來想檢查一下明天的活動排程，卻看到帶著睡袋、抱著泡麵，躲在辦公桌下軟爛的老友。

「嗯，一點小衝突。」白華說。

但白樂澄看他連換洗內衣褲都帶來了，顯然不只是「小衝突」而已。

「我想說難得連假，待在家裡寫劇本，但一直寫不順。我本來想冥想一下，看會不會恢復一點手感，結果大輔忽然回來，他敲我的門，問我要不要一塊去附近買宵夜，他那天在書店也工作到很晚。」

白華懊惱地掩住面頰。

「都是我的錯，是我不好，但我……當時滿腦子都是劇本的事，腦子裡卡著劇情，忽然有雜音進來，就好像腦子被人擰住一樣，非常痛苦。」

「所以你罵他了？」白樂澄問。

「嗯，不只，我還拿了滑鼠扔他，扔到他身上，他……看起來很驚嚇。」

白華說，同居人當時撫著被滑鼠扔中的手臂，怔然良久。

他把滑鼠擱在白華房門口，嘟囔了一句：「創作就這麼了不起嗎？」

那次白華在工作室裡像難民一般住了一週，白樂澄也善盡軍師職責，替白華買晚餐送水，確保他正常吃三餐，維持生命跡象。

「槍嵐之歌」測試上線後，在網路上評價固然不錯，不少人說很多年沒看到認真寫劇本的手遊，也有少數同人圖文的創作。

即使在骨灰玩家間深獲好評，下載量和同時在線人數卻不如預期。廣告商不願贊助，連遊戲內收費都窒礙難行。主要是白華不喜歡太過課金主義，多數章節都以無課也能玩完為原則。

且雙白兩人都沒有經營遊戲的經驗，面對排山倒海的客訴，請來的工讀生根本無法應付，網路上逐漸出現惡評，許多玩家相揪罷玩。

遊戲的收益逐日下降，和維持成本此消彼長，最終滾成負債雪球，兩人不得不以工作室名義貸款。

白樂澄把原本的工作室退租，搬進跟朋友借的破舊倉庫，還拖欠繪師和編曲家的稿酬，就算如此，仍救不了逐日膨脹的赤字。

「槍嵐之歌」上線不滿一年，白樂澄便毅然決定將遊戲熄燈，畢竟不能再讓老友背負更多債務。

擔任美術助理的工讀生妹妹還說：「真可惜，明明是這麼好的遊戲。」

遊戲下線後的白華，彷彿一時失了生活重心。

白樂澄見他幾乎都待在工作室裡，清晨來就盯著 Excel 的對白稿發呆，一路盯到華燈初上，才拖著疲憊的腳步離去。

遊戲下線後的某日，白華忽然邀他出去喝酒，在這之前他們已經快半年沒有飯局了，也沒跟聯盟好友聚會。

白華邀他逛台北地下街。他與白樂澄在學生時代最常做的事，就是一人拿著一台連線掌機，坐在地下街的磁磚地上，和路過的同好ＰＫ，一直到肚子餓到受不住，才在附近買個水煎包充飢。

成立工作室後，白樂澄不知多久沒有和老友舊地重遊。見掌機日新月異，店家都換上一批新面孔，頗有滄海桑田之感。

白華和他並肩坐在長椅上，看著國中生們交換掌機遊玩，良久才開口。

「……我和大輔分手了。」白華說。

白樂澄大驚：「什麼？什麼時候的事？」

「三個月前，就差不多是『槍嵐之歌』下線那時候。」白華仰起頭，靠在地下街的磁磚牆上。「他……好像以為我還和凱潔在一起。」

「怎麼會？你跟張姊都離婚幾年了，Maggie 都上小學了吧？」白樂澄覺得匪夷所思。「慢著，既然誤會了，你就跟他說清楚不就好了？身分證給他看，他總不會不相信你，不然讓我去作證也行。」

白華許久沒有吭聲，掌機刺耳的樂聲迴蕩在兩人之間。

「……可能我有點累了吧！」

半晌，他用手支著下頷膝頭，苦笑了下。

「澄哥，我是個什麼樣的人，你再清楚不過，只要一沾上喜歡的東西，就克制不住自己，旁人怎麼看我、想我，我都顧不得。我本來以為和喜歡的人在一起之後，我會改進一些，但看來牛牽到異世界還是牛。」

白樂澄見老友的眼裡泛上些許潮紅。

「……我本來是為了讀到大輔筆下的小說結局，才決心和他在一起。但到頭來，我也沒辦法讓他重拾創作，反而只讓他痛苦。」

他長嘆：「我幫不了他，還自顧不暇，得讓他來照顧我。雖然他沒說什麼，但我有點不太確定，大輔會跟我在一起，到底是出於同情，還是……真的喜歡我，想和我走一輩子。」

白樂澄張開唇，他知道站在老友的立場，應該對他的白痴國王說：「這太蠢了，快點跟他說清楚，夫夫床頭吵床尾和，說清楚就沒事了。」

但最終，白樂澄只開口問：「你的眼睛，最近還好嗎……？」

白華的視力在工作室草創之初就出現過幾次問題，像是突發性的視線模糊、暈眩等等，白樂澄也建議他去看過醫生，但總是不了了之。

「槍嵐之歌」上線那一年，白樂澄常看到白華坐在工作室的祕書椅裡，臉近到貼著螢幕，還不時揉眼睛。

但當時遊戲上線的事已讓白樂澄焦頭爛額，也無暇去注意白華的狀況。

某一日白樂澄進工作室時，見白華蹲坐在地上，雙手掩著臉。

「白華……？」白樂澄抓著他的手，但白華不讓他揭開自己的眼睛，直到白樂澄強勢地扳開他的手掌。

卻見白華兩隻眼睛圓睜著，左眼明顯混濁，焦聚竟沒有定在他臉上。

「抱歉，樂澄，我好像……忽然看不到你在哪了……」白華對著他強笑。

白樂澄當時二話不說，揹著老友下樓，把人塞進計程車裡，直奔最近的急診室。

診斷結果，是長期用眼不正常導致的水晶體病變。

醫生說右眼還能用藥物減緩，但左眼的情況比右眼嚴重得多，得盡快安排手術，否則很可能永久失明。

白樂澄十分懊悔，早知道不該為了省電，讓白華只靠桌燈挑燈夜戰了。

當時白華還跟高大輔同居，白華以不想讓同居人擔心，婉拒了開刀的建議。

「澄哥，我想寫一個新劇本。」

白樂澄替他滴眼藥水，白華枕在他膝上說著。

「……這次我想寫戀愛故事，可以嗎？」

老友花了三個月的時間，寫成了「戀與總編輯」的角色設定與主線細綱。

白樂澄在讀綱要時相當意外，因為這實在不像過去的白華能寫得出的劇本。

主角是名出版社的女性總編輯，名叫花戀羽，繼承父親即將倒閉的出版社，為了拯救家業，不得不找回過去那些曾在出版社出書的大手作家們，求他們再為出版社撰寫新書。

這些大作家曾因為各種原因封筆，有身體孱弱不寫的、因為心理疾病被出版社解約的，還有轉行創業，現在是石油公司大佬（？）的，以及繼承父業去當黑道老大的。職業跌宕多姿，且不知為何全都是男性，都長得很帥。

女主角在遊說男作家們重新提筆的過程中，也深入了解他們的過去、介入他們的人生，進而與他們產生感情。

除了初期四個可攻略男角外，還有個令白樂澄在意的角色。那是遊戲系統輔助人，綽號「橘子」的ＮＰＣ。

橘子的人設是花戀羽高中青梅竹馬，是個身材微胖、個性溫和，飽讀各種書籍的小宅男，白樂澄不知為何有種既視感。

他心情複雜，一方面感嘆白華不愧是天才劇本家，即使是這樣俗爛的劇情，也能寫出一番新意。

但一方面又覺得心疼，白樂澄也說不出為什麼。

白樂澄以白華的劇本為底，設計了封閉式的試玩檔，放上白樺工作室的粉專，供玩家下載。

就在白華決定暫時封筆，專心進行眼睛手術那個冬季，有個業界大手公司聯絡了白樂澄，說是對「戀與總編輯」企畫感興趣，想跟劇本家談談。

白樂澄帶著剛動完手術的白華出席會議，大公司原本提出的方案是買斷ＩＰ，並與白華簽立合作契約，由白華撰寫後續劇本，再依字數給稿費。

對方開出的價碼相當誘人，足以償還白樺工作室過去所有債務。

但白華卻說：「我沒辦法跟不熟悉的人合作，我只寫過澄哥製作的遊戲劇本，讓澄哥參與企畫，否則就另請高明。」

白樂澄訝異之餘，也對大公司的決定感到憂心。

好在經過數次討論往返後，對方終究是欣賞白華的劇本長才，最終以極懸殊的分成比例、白華和白樂澄都實質參與遊戲製作為前題，總算敲定了白樺工作室有史以來最大的合作案。

「戀與總編輯」順利上線，有了大公司的金援和人力，白樂澄終於不用再跑斷雙腿，白華也能無後顧之憂地撰寫劇本。

白華也常和資方起衝突，例如覺得劇情不合理，女主角怎麼會在被強吻還被威脅發生關係後這麼快就愛上某角色。

但資方表示「女生就是愛這味，嘴上不要身體很誠實」，白華也只能為錢屈從。

大手公司行銷資源豐富，「戀與總編輯」在經過幾個網紅、幾位 YouTuber 大力推廣後，在短短數月間爆紅，下載量是當年「槍嵐之歌」的數千倍，白樺也從小眾推崇的劇本大神，一躍成為家喻戶曉的鬼才劇本家。

白樺工作室的債務全數還清，還請了兩個正職、兩個工讀生，租了全新的工作室，有冷氣有開窗廁所、高速網路。

延請白華寫劇本的邀約也如雪片般飛來，白樂澄算著再過不久就能買下大樓其中一層，設立公司行號，還能自製全新遊戲。

一切都在苦盡甘來中。但白樂澄卻看得出，他的國王並不快樂。

他知道白華還和大輔保持聯絡，應該說，白華單方面地和對方聯絡。

他頻繁地辦手機預付卡，白樂澄知道那是因為他被對方封鎖，只得用新門號傳送訊息，而對方也實在老實，竟然被騷擾到這樣還不換門號。

他知道老友常趁著劇本期程空檔偷溜到工作室的舊址附近。

高大輔頂下的書店「鹿鳴」就在那裡，白樂澄有回偷偷跟在白華身後，發現老友就坐在鹿鳴外的公園長椅上，失智老人一般盯著那間獨立書店。

白華盯梢的對象就在那間書店裡，坐在櫃檯後的高腳椅上，戴著銀框眼鏡，拿著一本看上去像是村上春樹的書，曲著一隻腳，陽光透過書架的間隙映照在他臉上，形成一幅雋永的畫。

白華也像是定格一樣，隨著那人起伏的胸膛呼吸。

有客人進來書店，那人才從椅上站起，撫了撫身上的綠色圍裙，脫下眼鏡前往招呼。

而老友從長椅上站起，良久才起身離去。

白樂澄在「戀與總編輯」初次活動上線時問了白華：「花橙這個角色，沒辦法攻略對嗎？」

「花橙」就是輔助人「橘子」的真名，因為名字裡有個「橙」字，女主角才從小叫他橘子。

白華愣了一下，隨即笑說：「那是輔助玩家熟悉系統的NPC啊！跟軍師一樣的角色，而且橘子不是帥哥，那樣的男性，女玩家不會想攻略吧？」

「軍師……嗎？」白樂澄喃喃。

之後白樂澄一路看著白華糾纏高大輔，還默默上網找了可信賴的律師事務所，以便在白華以跟蹤狂名義被逮捕時，說服法官原諒這笨蛋，從輕量刑。

好在事實證明老友的前男友確實是個好人，不但沒有報警處理，面對白華以遊戲合作企畫為誘餌、死皮賴臉的糾纏行徑，居然還半推半就地配合了。

新遊戲「花吃」順利進行，這是他們第二次挑戰自行上線。有了過去的經驗，加上比過去充足的資金，狀況比「槍嵐之歌」順暢許多，雖然不到一帆風順的程度，但已足以讓白樂澄感謝大輔、感謝上帝。

「花吃」初動下載量破紀錄那天，白華再次邀他出門，說要請他吃港式飲茶。

那是他們久違單獨吃飯，「花吃」三方合作那段期間，白華和高大輔距離再度拉近，幾乎天天碰頭。

那天，白華也說要找高大輔談後續出版的事，一大早就說要送書的 ISBN 卡給高大輔。

白樂澄一直以為小倆口會復合，每天都在等著白華開口。

白華坐在他對面，戴著頗有型的墨鏡，吃著蝦仁腸粉。白樂澄忽然聽見啜泣聲，抬頭一看，發現對面的人不知何時已淚流滿面。

「白老師……？」白樂澄試著喚他。

白華把墨鏡拔下來，用沾上醬油的手抹著眼角。他一邊哭、一邊抹，卻還是止不住淚。他沒哭出聲來，只是小聲小聲地吸著氣，周圍的人都沒注意到這裡有個哭到燒聲的型男，只有白樂澄注視著他。

「……我和他，結束了。」老友邊哭邊說。

雖然知道老友指的是什麼，白樂澄還是問了：「和誰……？」

「高大輔。」白華苦笑。「我果然……還是攻略不下書店老闆啊，澄哥。」

書店老闆是「戀與總編輯」這季更新的新角，是名性格溫吞的文青型草食男，過去因為失戀打擊太大而停止創作，轉而經營書店。

白樂澄不用多看人設，就知道這角色是以誰為原型。

這角色除了好感度數值升得很慢外，作為AVG遊戲，在對話選擇上也難以捉摸，很容易踩雷，被「戀與總編輯」粉絲譽為史上最難攻略男角，網路上到處都是教人如何拿下書店老闆的攻略。

看著哭得渾身顫抖的老友，白樂澄嘆息之餘，卻有一種徐徐的，彷彿終於安下心來的踏實感。

他猶豫片刻，俯下身來，吻在白華額頭上。

「……別哭了。」

他在白華呆愣的目光中微微一笑。

「哭太多對眼睛不好，我還想讓你多為我寫幾年劇本呢，白老師。」

許久之後的某一個夏天，那時「花吃」已歡慶上線五週年，收益歸穩，白樺工作室也銳變為白樺文化創意有限公司，累積了足夠的資金，讓白華能在「戀與總編輯」合約到期時，把劇本甩到資方臉上嗆聲。

「去你的無腦女主角！去你的賣腐！要我寫這種劇本，不如去找AI劇本生成機！」

而當年那位靦腆害羞的小作家，也成了羅曼史領域小有名氣的大手。每回作家高大輔出書，白樂澄都會看到老友親自去書店，一次十本地買回來供著。

老友的左眼動了手術，總算是恢復那一丁半點的視力，日常生活暫且還行，但若要做需要準星的活動，像是射飛鏢還是投接球什麼的便有困難。

但他的國王還能創作，還能寫出讓他心折的那些文字，白樂澄便餘願已足。

剩下的，就是他這個軍師兼保母兼男友的工作了。

「下次『戀與總編輯』情人節活動，我想加個新攻略角色。」今年欲終之時，白華忽然對白樂澄說道。

鹿鳴書店、召南和羽毛筆工作室的成員相約要在他們家跨年，白華自然高興，身為男主人之一的白樂澄也忙得不亦樂乎。

「哦？是什麼樣的角色？」白樂澄在廚房忙備置跨年用的火鍋料，笑問：「總裁有了，病嬌有了，陽光型男有了，石油大王也有了，先前還多了個文青型男，還有什麼角色類型是你沒寫到的嗎？」

白華沒有回答，只是抱臂看著剛完成的細綱稿件，笑而不語。

過了一陣子，「戀與總編輯」情人節活動盛大上線。

這次的活動相當特別，除了原本的五大男角外，玩家還能選擇攻略另一個角色。

這個角色不是別人，正是遊戲上線以來就一直陪伴著玩家，同時也一直陪伴著女主角的，花戀羽的青梅竹馬——綽號橘子的花橙。

官方為花橙這角色設計了完整的劇本，包括橘子的過去、高中時和女主角相處的點滴——包括女主角父親去世時，一肩扛起出版社的辛酸史，以及長久以來暗戀女主角，看著女主角在那些帥哥間周旋的心路歷程。

劇本寫得婉轉柔腸，有別於以往魅俗的風格。許多女性玩家看完立即入坑，都說希望把花橙列為常態男角。

但遊戲官方回應了：花橙是不可攻略角色，是屬於我們的。

支線劇情最後，花橙為了與花戀羽共度情人節，做了型男大改造。他拚了命地瘦身、弄了頭髮，在時裝店買了西裝。

最終他帶著女主角，來到台北地下街的廣場上。

他與花戀羽高中時一起上下學都會經過這條地下街，四周都是掌機遊戲音還有國中生交流遊戲的笑鬧聲。花橙在這些熟悉的聲音中單膝跪地，在女主角熱淚盈眶的注視下，打開手裡的絨布小盒子。

「我不是官方設定的可攻略角色。」橘子深情地說：「即使如此，妳仍願意嫁給我，與我共度一生嗎，我的女王陛下？」

又不能當飯吃（下）

2023年1月27日　初版第1刷發行

作　　者＊吐維
插　　畫＊Welkin

發 行 人＊岩崎剛人
總　　監＊呂慧君
編　　輯＊蘇涵
美術設計＊林慧玟
印　　務＊李明修（主任）、張加恩（主任）、張凱棋

台灣角川

發 行 所＊台灣角川股份有限公司
地　　址＊104台北市中山區松江路223號3樓
電　　話＊（02）2515-3000
傳　　真＊（02）2515-0033
網　　址＊http://www.kadokawa.com.tw
劃撥帳戶＊台灣角川股份有限公司
劃撥帳號＊19487412
法律顧問＊有澤法律事務所
製　　版＊尚騰印刷事業有限公司
I S B N＊978-626-352-184-1

國家圖書館出版品預行編目資料

又不能當飯吃 / 吐維作. -- 初版. -- 臺北市：臺灣角川股份有限公司, 2023.01-
冊；　公分

ISBN 978-626-352-184-1(第2冊：平裝)

863.57　　111018532